ÁNGEL GREGORIO CANO VELA

LA VIDA A
TROMPICONES

Círculo
Lector

Una edición de:
Círculo Lector

Diseño y maquetación:
Las Ideas del Ático

ISBN: 978-84-19793-71-3
Depósito legal: CR 689-2024

Impreso en la Unión Europea

Índice

A Milagros, mi mujer, sin la cual no sabría dar dos pasos sin caerme y sería víctima de mis frecuentes trompicones y olvidos.

                    Con todo mi amor

Coraje de mujer

«¡Caramba!, hay días en que hasta el sol parece salir del revés». Esto está pensando Amelia mientras se desenreda las sábanas de las piernas tras una noche atormentada por una pesadilla de la que solo recuerda retazos de dolor asociados a situaciones inverosímiles en las que se vislumbra a sí misma como un avatar a duras penas reconocible. ¿Acaso el desvarío noctámbulo vino provocado por la acalorada discusión vespertina con Natacha sobre la infumable reforma educativa del mal llamado Ministerio de Educación? ¿O fue la maleducada madre de Tania que la sacó de quicio por la tarde en una tutoría de juzgado de guardia quien azuzó esa comezón onírica? «Ah, no —pensó— es ese traidor subconsciente que revuelve recuerdos poco comunes en una joven maestra y que me gustaría enviar de una vez por todas a la papelera de reciclaje y olvidar para siempre». Mientras continúa lucubrando echa una mirada de reojo al despertador. «¡Joder, son las ocho y media y no ha sonado la alarma!». Para colmo estaba sudada y con el pelo humedecido por culpa de una noche ajetreada y nada reparadora. Apenas si tenía tiempo para una ducha rápida y salir a toda prisa hacia el colegio.

Llevaba dos años destinada en los confines de la provincia en una pequeña aldea tan idílica como desatendida por la administración. Durante la semana residía allí debido a la distancia de su domicilio habitual y a que la carretera en sus treinta últimos kilómetros era casi intransitable y altamente peligrosa, sobre todo en invierno. El fin de semana, en cambio, lo pasaba en la capital. Al principio pensó que era una suerte de destierro o acaso otro reto con el que la providencia, según unos, o el destino, según otros, la ponía a prueba una vez más. Y fue esta reflexión la que la animó. «Si hay alguien capaz de arrostrar retos, esa soy yo», se dijo. Y eso que no se lo puso fácil Iván, su compañero de piso por el que comenzaba a sentir algo más que camaradería. Su coincidencia como maestros contratados durante tres meses en un colegio privado hizo germinar en ellos una complicidad que los llevó a compartir piso y cama en la capital. Bien entendido que ninguno de los dos estaba por empeñarse en una relación que fuese más allá de los encuentros ocasionales que ahora procuraban. Amelia jamás pensó que su estancia forzada en Irlanda durante casi cuatro años le proporcionaría una competencia en inglés, como decían ahora los currículos escolares, que le sería de vital importancia para sacar una de las pocas plazas de maestra por las que pelearon miles de jóvenes en la última convocatoria. Ella siempre sabía hacer una lectura positiva de las adversidades y salía crecida de ellas. La necesidad de trasmitir esa vitalidad incontenible a los niños le despertó desde muy pronto una incurable vocación de maestra que la envenenaba dulcemente hasta que se vio en la Facultad de Educación hacía ya seis años. Su vida se la imaginaba como su despertador esta mañana de primavera, avanzando sin parar y sin tocar las alarmas.

Iván no tuvo tanta suerte en ese atiborrado concurso. Quedó muy lejos de los puestos que daban opción a una eventual interinidad, cada vez menos por culpa de los dichosos recortes presupuestarios, y lo peor para él es que quien se alejaba era Amelia, con ese destino deplorable y solo apto para novatos. Se sentía desplazado por la condición de funcionaria de su amiga, por la distancia que relegaría sus encuentros a momentos fugaces de fin de semana, por su propio desamparo y por mil razones más que urdía en su baqueteada mente. De poco servían las interminables peroratas de Amelia para asegurarle que nada había cambiado en su relación, que un distanciamiento de lunes a viernes podría ser positivo para evitar agobios prematuros, que las redes sociales y las aplicaciones de los *smartphones* permitían una comunicación constante en tiempo real junto a otros argumentos que él repelía como un frontón. Pero hay algo que Amelia asumía sin el menor titubeo: primero los niños, por cuanto la vigorizaban a ella misma, y después los amigos, los conocidos, los colegas y cuantas personas se cruzaban por su camino casi a diario. Con esa determinación partió dos cursos atrás con su Citröen C3 de segundísima mano hacia ese lugar en el que hasta el GPS perdía la señal cuando ella creía estar llegando. El paisaje era espectacular, la aldea se encontraba camuflada en un valle de bosque mediterráneo con encinas, pinos, sabinas, madroños…, y en los claros tomillo, romero, jara y un universo de plantas, insectos y aves que iría conociendo poco a poco más adelante en interminables paseos. Tampoco tardaría mucho en aficionarse a la cocina de la zona con una gran variedad de derivados cinegéticos, sobre todo de venado, y las mieles, mermeladas, dulces y una gran diversidad de delicias que amenazaban constantemente su esbelta figura. La culpable de tantas tentaciones culinarias era Petra, la viuda que acogía en su casa al maestro o maestra de turno, siempre jóvenes y de paso. «¡Pero qué reguapa es usted!», exclamó, cuando la vio bajarse del coche. Y no exageraba, unos ojazos negros brillaban con luz propia encendiendo unas facciones perfectas de tez morena coronadas por una melena azabachada que caía al descuido por unos hombros que se adivinaban redondos. Su indumentaria era informal: una blusa azulada bajo la que se insinuaban unos pechos turgentes y apuntados, y unos vaqueros ceñidos que enmarcaban una cintura en seductora proporción con las caderas. Finalmente, los cómodos zapatos blanquiazules casi planos la elevaban a una estatura de metro setenta y cinco. No menos espontánea fue la expresión de admiración de Blas, un pícaro pecoso de quince años, cuando su madre se la presentó. «¡Coño! ¡Perdón!», exclamó sonrojado. «Si mi maestra hubiera estado tan buena, no habría hecho tantos novillos». Petra y Amelia no pudieron reprimir una carcajada y una sonrisa, respectivamente.

«Vaya, las nueve menos cinco». Cogió el bolso y tras repetir hasta cuatro veces a Petra que no tenía tiempo para desayunar salió con apremio hacia la escuela con el pelo todavía húmedo. Sus alumnos de entre cuatro y cinco años ya formaban en fila cuando ella llegó a la puerta y se disponían a entrar encabezados por Natacha, quien los organizó junto a los suyos, dos cursos mayores, en vista de que su amiga se retrasaba. «¡Vamos, date prisa, que ya sabes que algunas madres no pierden ripio!». Y, en efecto, los cuchicheos se centraban en la precipitación con que Amelia se ocupaba de pasar a los niños, en su pelo a medio secar, en su aspecto ligeramente desaliñado y en las conjeturas que tantas mentes ociosas podían urdir. Su irresistible atractivo la convertía en el blanco en que coincidían las miradas lascivas de los hombres y las lenguas viperinas de las mujeres.

—Buenos días a todos —dijo—. Bien, nos saludamos y nos sentamos en el rincón de los sueños. Vamos a comenzar con un cuento, y el de hoy es un poco triste; pero como todos los cuentos, acaba bien. Veréis, lo importante no es cómo empieza un relato, sino cómo acaba. Recordaréis cuánto os inquietaba que Caperucita tuviera que cruzar el bosque con el malvado lobo acechando, o cómo maltrataban a Cenicienta su madrastra y esas horribles hermanas. ¿Y qué me decís de las dificultades que tuvieron que vencer Pinocho, Blancanieves, Pulgarcito o El gato con botas? Pero el superar con valentía los obstáculos los hizo más fuertes y nos sirven de ejemplo.

Amelia tenía una facilidad poco común para embaucar a los niños. Cuando contaba una historia la miraban expectantes y leían sus gestos, se conmovían con las estudiadas modulaciones de voz, se sobrecogían ante un giro inesperado de la historia o la irrupción de un personaje malvado, se veían trasportados a lugares de ensueño o sacudidos por un golpe de mar en una balsa a la deriva… Y ella disfrutaba con ellos tras la catarsis que experimentaban al final de un relato truculento pero, como siempre, con final feliz.

—Érase una vez una niña —comenzó— de tan solo tres años, que vivía con sus padres en un país no muy lejano. Era preciosa: morena, con unos enormes ojos que escudriñaban todo a su alrededor y una sonrisa de dientes blanquísimos dibujada en su cara. Solo tenía un año cuando sus padres trajeron un cachorro de rottweiler que se convirtió en su mejor amigo.

— ¡Pero esos perros son muy peligrosos! —exclamó María.

—Ah, no —respondió Amelia—. A los perros hay que educarlos, como a los niños, y quererlos y cuidarlos. Hay que ser responsables con los animales porque ellos siempre son fieles a sus amos y nunca los abandonarán.

»Al perro de Adriana —continuó—, pues ese era el nombre de la niña, le pusieron de nombre Romo, porque era un poco chato de nariz, como todos los de su especie. Ella le tiraba de las orejas, del rabo, le hacía cosquillas y mil diabluras. No paraba de reír. Y Romo se colaba a hurtadillas en su habitación y se acostaba a los pies de su cama…

Amelia nunca olvidará el abandono, el desamparo, la sensación de orfandad que revivió cuando su madre adoptiva la dejó en el avión rumbo a Dublín al cuidado de una solícita azafata. Era 24 de agosto, justo un día antes del comienzo del curso, y solo contaba quince años. Intentaron convencerla de que su ingreso en un internado era para procurarle la mejor formación posible en un país muy acogedor, en un colegio en donde tendría muchos amigos. Lucía, a la que nunca consideró su hermana mayor, a duras penas pudo disimular una sonrisa sardónica. «Sabes que papá hubiera deseado estar aquí, pero está tan ocupado…». Hora y media después, el avión aterrizaba en Collinstown y la azafata la entregó en el punto de encuentro a una monja de origen ecuatoriano con sonrisa melosa que llevaba un cartel con el nombre de Amelia. Durante el trayecto en taxi a Dublín su nueva cuidadora intentó explicarle en una especie de *spanglish* a la irlandesa cómo sería su vida en el colegio en los próximos días y la necesidad de que mejorara cuanto antes su bajo nivel de inglés dado que esa sería su lengua a partir de ese preciso momento. En poco más de media hora estaban a las puertas de un internado solo para chicas que a ella le pareció el sitio más grande, frío, triste y gris que nunca antes había visto. *Sister* Brígida le enseñó su habitación y le dijo que al día siguiente vendrían a visitarla su familia de acogida, pues un fin de semana al mes cerraba el colegio y durante esos días y en vacaciones estaría con ellos. Hasta el 30 de mayo no regresaría a España para pasar allí las vacaciones de verano. La monja le pidió que se duchara y colocara sus cosas en la habitación hasta que viniera a llamarla para cenar. Sobre la cama, el uniforme: una camisa blanca, una corbata granate, un jersey azul marino con cuello de pico que llevaba cosido el escudo del colegio, falda escocesa azul claro, calcetines altos blancos y unos horribles zapatos negros. Supuso que su madre les había dado las medidas porque ella no se había probado ninguna de aquellas prendas. Una profunda pena la tiró de bruces sobre la cama y lloró amargamente hasta agotar las lágrimas tanto tiempo contenidas. No entendía por qué estaba siempre de paso y como una extraña entre quienes se presentaban cada vez como su «nueva familia».

Los Campbell eran una familia de clase media con un niño regordete de cinco años llamado Aeryn al que debía cuidar y ayudar en sus deberes de español. Esta sería su pequeña contribución a la hospitalidad que le brindaban, junto con una suma nada despreciable que les enviaban desde España y que ella desconocía entonces. Ese era el horizonte gris en el que se enmarcaba su vida por espacio de más de tres años, hecha excepción de unas vacaciones estivales que año tras año se le hicieron más insufribles hasta desear con impaciencia el comienzo del curso. Su verdadera familia fueron durante todo este tiempo Donna, Susanna, Melissa y Sarah, a las que se unieron más adelante los chicos: Mike, Duncan, Stephen y Matt en sus correrías por Dublín durante las vacaciones de mitad de trimestre o *half-term* y en Navidad y Semana Santa que también pasaba con los Campbell, quienes la hacían sentirse muy distante, como una huésped de paso. A cambio, o solo por comodidad, le dejaban una gran libertad de movimiento una vez cumplidas las tareas con Aeryn, un niño malcriado que la consideraba su *Au Pair* particular a la que podía torturar a su antojo y con pleno consentimiento de sus padres. Con el tiempo lo que comenzó siendo una suerte de cautiverio forzado por su irremediable incompatibilidad con Lucía, según entendía ella, acabó convirtiéndose en una liberación. En su pandilla dublinesa conoció por primera vez la amistad, el cariño, los primeros escarceos amorosos y cómo no, el dolor por la ruptura, el ansia por la reconciliación y la vastedad de estados de ánimo por los que pasa el cuerpo y la mente de una joven en constante ebullición. Todo esto compensaba la absurda disciplina del internado y reforzó formidablemente su autoestima.

—… Y por fin llegó el verano y con él unas vacaciones en la playa durante quince días. Cuando sus padres dijeron a Adriana que en el hotel no admitían a Romo, ella cogió una rabieta como nunca antes había tenido. Les llevó mucho tiempo y paciencia convencerla de que lo dejarían en una guardería para perros en donde estaría muy bien y haría nuevos amigos. La llevaron a visitarla para que viera que allí los perros se encontraban bien. La encargada se ocupó de hacerle ver, por encargo de sus padres, que aquel era un lugar de ensueño en donde los perros eran felices hasta que sus dueños volvían a recogerlos. Aun así, los padres de Adriana evitaron llevarla cuando dejaron a Romo; ni siquiera ellos pudieron reprimir las lágrimas cuando los miró con ojos vidriosos como si se sintiera abandonado y arrojado entre desconocidos que no paraban de ladrar.

»Y un día de agosto muy temprano salieron con su coche camino de la playa con Adriana durmiendo en su silla bien amarrada en el asiento de atrás. Pero, ¿sabéis?..., no llegaron al hotel. Un coche conducido por un irresponsable que había bebido mucho se cruzó en su camino. Al esquivarlo se salieron de la carretera y el coche volcó…

Los niños observaron en silencio cómo Amelia no pudo contener unas espesas lágrimas que bajaban por sus mejillas. Pero se sobrepuso y continuó.

—…Perdonad, sabéis que las historias las vivo desde dentro, como vosotros, ¿verdad? La niña despertó en un hospital rodeada de juguetes, y de aparatos, y vendas, y tubos… «¿Dónde están mis papás? ¿Por qué estoy aquí?», «Tus papás están de viaje y no pueden venir por ahora», le dijo la enfermera sonriente. «Pero aquí te vamos a cuidar porque te caíste y tenemos que curarte». Sin embargo, sus padres habían muerto en el accidente y solo un milagro hizo que ella se salvara. Los Servicios Sociales la entregaron a una familia de acogida que la mimó hasta que fue dada en adopción. Ella preguntaba por sus padres y lloraba sin parar hasta conseguir que le trajeran a Romo, que cuidó de ella hasta que el recuerdo de sus padres se fue difuminando. Ahora Adriana, que ya es mayor, cuida niños abandonados y trabaja también para una sociedad protectora de animales. Ah, y tiene una perra, Roma, y una niña de cuatro años. Y son muy muy felices.

»Bueno, alegrad esas caras porque vamos a jugar. Pero recordad a los mayores que no se debe beber cuando se va a conducir porque ponemos en peligro nuestra vida y las de los demás.

—¿Sabes? —dijo a Natacha—, he decidido quedarme con un cachorro de rottweiler que me ofrecieron ayer.

— ¡Pero esos perros son muy peligrosos!

—¿Tú crees? —preguntó Amelia con una amplia sonrisa.

Caso cerrado

DOMINGO 31 DE JULIO DE 2016

Nos encontramos en pleno verano en el páramo manchego, uno de los meses de julio más calurosos que se recuerda en mucho tiempo. Ni siquiera a estas horas de la noche es posible conciliar el sueño. No corre ni una pizca de viento y el calor acumulado en los edificios durante el día invita a echarse a la calle para aliviar tímidamente el bochorno insufrible.

Entretanto un grupo de adolescentes fuma, bebe y consume drogas al son de una música estridente en una casa alquilada a las afueras de Ciudad Real. El estado del inmueble es lamentable porque estaba destinado a la demolición en tiempos de bonanza en la construcción, pero la crisis del sector desechó su compra por el promotor de una urbanización relativamente cercana y quedó abandonada entre solares baldíos y en tierra de nadie en el Camino Viejo de Alarcos. El heredero, único hijo de los propietarios fallecidos, les ha cedido la casa a los adolescentes, niños propiamente dichos de entre doce y catorce años, a cambio de la modesta suma de cincuenta euros al mes y a sabiendas de que allí van a organizar juergas probablemente subidas de tono. Es la única alternativa a la más que probable ocupación de la vivienda, con consecuencias previsibles. Los vecinos más próximos viven lo bastante lejos como para que no haya quejas. Como es de suponer, no hay contrato alguno de alquiler y el pago se hace en metálico. Este grupo de tres chicas y cuatro chicos proceden de familias desestructuradas en algún caso y con nulo control sobre ellos en todos, lo que los aboca a una casi segura exclusión social, si es que no están ya en las lindes de ella. Los ha unido la marginalidad, el desapego familiar, la falta de perspectivas y el fácil acceso al alcohol, el tabaco y sustancias ilegales inhalables que les proporciona sensaciones de bienestar ante el fracaso escolar, familiar y social, en definitiva, en que viven cada día. Forman parte del grupo de repetidores en sus respectivos cursos y son incontables los partes por falta de asistencia al instituto, por peleas, insultos y falta de respeto al profesorado; a los que hay que añadir las detenciones por robo, destrozo de material urbano y venta de drogas en algunos casos.

Lidera el grupo Carlos, de catorce años. Es hijo de Eugenio y Pilar; alto, rubio y bien parecido. Su padre es dueño de un taller de automóviles y su madre trabaja en una agencia de viajes. Es un jovencito malcriado y caprichoso al que nunca ha faltado nada y que se inició en el consumo de drogas y alcohol frecuentando sitios de marcha en los que jamás le pidieron el DNI. Desde hace dos años él mismo se dedica a la venta de droga al menudeo para autofinanciarse. Otros miembros del grupo han seguido su ejemplo de suerte que su deterioro físico y mental es directamente proporcional al aumento de sus ingresos. A estas horas de la noche Carlos solo ha consumido alcohol y tabaco, por lo que su aspecto es aún relativamente saludable. Dormita en un destartalado sillón mientras se le sienta encima a horcajadas Yolanda, un tanto demacrada y con la mirada perdida porque el segundo gin-tonic se le ha subido a la cabeza. Ella también tiene catorce años y es hija de Manuel y Aurora. Es una chica muy atractiva, con un gran parecido a su madre, una mujer de cuarenta y dos años, esbelta, morenaza, con un cuerpo esculpido en el gimnasio y de vida un tanto licenciosa. Yolanda está muy delgada y si alguien no lo remedia acabará anoréxica. Su padre es comercial y pasaba poco tiempo en casa. Sus padres se divorciaron cuando ella tenía seis años y tanto ella como su hermana han vivido sin control bajo la mirada desesperada e impotente de su abuela materna y la indiferencia de su madre. Apenas tienen relación con su padre desde el divorcio.

El lugarteniente de Carlos es João Jairo, brasileño de catorce años, hijo de José y Marcia. Es moreno, de ojos negros y estatura normal para su edad. Sus padres llegaron a Ciudad Real en 2008 y él quedó al cuidado de sus abuelos en Crackolandia (la tierra del crack) en el centro de Sao Paolo hasta hace cuatro años, en que pudo venir con ellos. No se habían visto durante esos años. Parece mucho mayor de lo que es y su joven cuerpo simula un mapa de cicatrices, tatuajes, marcas de golpes y todo tipo de huellas que denuncian un duro rodaje en el conflictivo barrio en que vivió hasta que sus padres pudieron traérselo, quizá demasiado tarde. Su deterioro ha ido *in crescendo* desde hace casi dos meses, cuando comenzó a recibir mensajes en su teléfono en forma de retos tales como cortarse los labios, hacerse un agujero en la mano o quizá el más llamativo: tatuarse una ballena en el brazo izquierdo con una lámina. Desde entonces se ha vuelto extremadamente introvertido y taciturno. A todas luces está sumido en una profunda depresión que ha pasado desapercibida a sus atareados padres, pluriempleados, con otros tres hijos más pequeños y con unos escasos ingresos que obtienen del trabajo en la hostelería y del cuidado de personas mayores. Más de la mitad de ellos los transfieren mensualmente a Brasil para ayudar a sobrevivir a los abuelos y hermanos. Hoy ha venido con el ciclomotor de su padre, algo inusual ya que es Carlos quien suele recogerlo cerca de su casa con la furgoneta que saca a escondidas del taller de su padre. João Jairo ha bebido y fumado más de lo habitual y mira constantemente su teléfono como si esperara una llamada urgente. Está sentado en un rincón del salón, en el suelo, y pasa desapercibido, como ocurre desde hace más de un mes.

Luz Marina es una colombiana de trece años, hija de Jhon y Luisa Fernanda, quienes llegaron a Miguelturra en 2006. Ella quedó con sus abuelos en Quibdó, la ciudad capital más pobre de Colombia, y no pudieron traerla hasta cinco años después. Tampoco pudieron verla durante todo ese tiempo. Es rubia, con ojos claros, baja estatura y voluptuosa, lo que la hace parecer mayor de lo que es. En estos precisos momentos baila abrazada a Dylan, quien a duras penas puede sostenerla y sostenerse porque se han pasado de rosca con la marihuana y les sería más fácil volar que rodar tropezando con taburetes, vasos caídos y restos de comida y suciedad que dan al piso un inconfundible aspecto de pocilga. Sobre la mesa se amontonan las botellas de ginebra, whisky, ron, Coca-Cola, tónica, papelinas, chucherías, bolsas, papeles, cajetillas de tabaco, vasos… todo ello como flotando sobre una capa de suciedad humedecida con restos de alcohol.

El ya mencionado Dylan es un ecuatoriano de trece años, hijo de José y Emily. Es mestizo, de piel muy morena y bajito. Sus padres vinieron a Ciudad Real cuando él tenía dos años. El desplome de la construcción dejó a José sin trabajo y durante años sus padres han sobrevivido limpiando escaleras y acogiéndose a empleos cada vez más precarios y peor pagados. Sus ingresos alcanzan para el alquiler del piso que comparten con los padres de Jorge, para sacar adelante a su prole de cuatro hijos y para pasar lo que pueden a los familiares que dejaron en Las Habras, de la parroquia de Canuto en el cantón de Bolívar.

Jorge también es ecuatoriano. Tiene doce años, de piel blanca y algo más alto que Dylan. Es hijo de Luis y María, quienes llegaron a Ciudad Real en 2007 a instancias de los padres de Dylan, de quienes eran amigos en Las Habras. Tanto él como su inseparable amigo Dylan están ya bastante colocados. Son las cuatro y cuarto de la madrugada y está tumbado en el sofá con Susana, quien se ha quedado en bragas y con una fina camiseta blanca para combatir el calor en parte ambiental y en parte fruto de los excesos del alcohol. Susana tiene doce años y es hermana de Yolanda, a la que sigue como perro faldero. Es una adolescente morena, rellenita y algo más baja que su hermana.

João Jairo siente que la cabeza le va a explotar, con una presión que le produce un intenso dolor. Parece como si su baqueteado cerebro le proyectara una de tantas películas de terror como las que ha visto últimamente siguiendo el dictado de un anónimo y remoto individuo que le da órdenes por el teléfono desde hace hoy cincuenta días exactamente y se hace llamar su «curador». La que más le ha impactado es *Nerve*, que vio en compañía de Carlos el domingo pasado. Su ansiedad va más rápido que el tiempo, que parece ralentizarse paso a paso; oye o cree oír en el tumulto de voces que le torturan los latidos cada vez más apresurados de su corazón;

del salón al que mira con los ojos entornados solo vislumbra sombras y una niebla que se desvanece y vuelve una y otra vez, sombras chinescas proyectadas sobre las sucias paredes por la mortecina luz de una solitaria bombilla que cuelga del techo asida directamente a la boquilla y esta a un viejo cable medio pelado.

— ¡Parad esa puta música! ¡Me vais a volver loco!

Carlos se quita de encima a Yolanda, a la que deja suavemente en el suelo. Ella, tras iniciar un tímido jineteo, dejó caer su cabeza sobre su hombro y ahora parece flotar en un incierto limbo. Para la minicadena y vuelve a su sitio como si nada hubiera ocurrido. Luz Marina y Dylan se dirigen abrazados a la habitación de al lado y se dejan caer en el inmundo colchón de una vieja cama. Parecen dos espantajos arrojados por el viento y ahora inertes, como dos muñecos de guiñol desencajados de la mano que les da vida. Entretanto, Jorge y Susana son los únicos entregados a una frenética actividad sexual en el desvencijado sofá. No parece afectarles el perder súbitamente la cobertura de la música que ahogaba los jadeos.

De repente parece como si una calma chicha hubiera relajado el convulso ambiente en que parecían flotar estos jovencísimos inquilinos. Solo João Jairo sigue marcando cada segundo en un tictac enloquecedor de su cerebro que parece esperar impaciente que suene la alarma. Convulsiona levemente y siente un frío que le congela la sangre en las venas, la mirada perdida, las manos temblorosas que sujetan el teléfono como si lo protegiera de un robo inminente. De pronto se ilumina la pantalla con la entrada de un mensaje y lo abre con la respiración entrecortada. Solo Carlos se ha dado cuenta de que se levanta y se dispone a salir. Le dice que no se preocupe, necesita que le dé el aire. Pero no se fía ya que hace demasiadas cosas raras últimamente; y permanece atento pese a que se le caen los párpados porque necesita dormir. Calcula que ha pasado casi media hora desde que salió su amigo y aún no ha vuelto. Sale a la calle y comprueba que se ha marchado con el ciclomotor. Entonces regresa al salón y ve que se ha dejado el teléfono en el rincón donde ha permanecido todo el tiempo. Como conoce la clave, lo abre y lee un enigmático mensaje que entró a las cuatro y media: *Es el momento. Ya sabes, delante de una ermita. Eres nuestro héroe. No estás solo, otros seguirán tu camino. Ánimo, valiente.*

—¡Chicos, despertad! João Jairo se ha marchado. Esto no me gusta un pelo. ¡Un momento! Este que se hace llamar su «curador» le ha estado mandando mensajes diariamente a modo de retos. Aquí está lo del agujero en la mano, el tatuaje, ver películas de terror… y ahora esto. La película *Nerve* va sobre retos y salió hecho polvo del cine. No quiso comentarme nada sobre lo que le pareció. Ahora le pide ese hijo de puta que vaya a una ermita. ¿A alguien se le ocurre adónde ha ido?

Yolanda parece despejarse un poco y dice que ayer le pidió que la acompañara a la ermita de Nuestra Señora de Alarcos. Dieron varias vueltas alrededor y regresaron a Ciudad Real.

—Está bien. Jorge y tú vendréis conmigo. Y tú, Yolanda.

Cuando subieron a la ermita de Alarcos eran sobre las cinco pasadas. Encontraron el ciclomotor en un lateral, y en la entrada principal… un cuadro dantesco, espeluznante, sobrecogedor… João Jairo se había ahorcado en un árbol próximo. Enmudecieron los tres y se abrazaron sumidos en un llanto incontenible y desgarrador que les desbordaba. Al cabo de unos minutos Carlos reaccionó y les dijo que había que sobreponerse y actuar con rapidez. Descolgaron el cadáver y lo echaron en la parte de atrás de la furgoneta junto con la cuerda. Jorge regresó a la casa con el ciclomotor y los otros dos con el coche. Consiguió espabilar a todos para explicarles el plan.

—Veréis, estamos todos en *shock* y nos va a ser difícil asimilar esto. Es lo peor que nos ha ocurrido hasta ahora: hemos perdido a un amigo por culpa de un hijo de puta y porque João Jairo se dejó arrastrar por él sin decirnos nada. Pero ahora toca ser fuertes y contar la misma historia cada uno. Esto es muy importante porque no tenemos la culpa de lo que ha ocurrido, pero todos estamos fichados y nos endosarán este marrón. ¿Alguien quiere pasar encerrado cinco o seis años en La Cañada? ¿Acaso sabéis cómo funcionan los reformatorios? Diremos que vinimos a la casa, como de costumbre, y fumamos, bebimos y acabamos tocados hasta que descubrimos que nuestro amigo se había marchado con el ciclomotor. Diremos que le veíamos muy alterado y nos sorprendió que dejara su teléfono en un rincón. El caso es que no volvió. Yo iré mañana a casa de sus padres a preguntar por él y les diré esto mismo, y les entregaré el teléfono. La policía no tardará en comprobar que fue víctima de un juego mortal e intentará buscarlo. Yo me voy a deshacer de la moto por piezas echándolas a la chatarra del taller. Dentro de dos semanas vendrá un camión y se la llevará. Pero ahora toca deshacernos del cadáver. ¿Alguna idea?

Dylan habló del Torreón del Alcázar y el vallado de chapa que rodea el Arco desde hace más de una década en que se proyectó un aparcamiento subterráneo y hubo que paralizar las obras porque apareció la entrada a lo que fue un túnel, actualmente inaccesible porque se hundió y porque al día de hoy es poco menos que imposible seguir su trayectoria debido a la destrucción sistemática del patrimonio durante décadas. Tanto Dylan como Jorge, y otros jóvenes, han saltado esa valla y han entrado en esa covacha a fumar y a esconder droga. Pero solo ellos saben que tras el hundimiento que tapona el túnel solo unos metros más adentro basta con retirar unas piedras para acceder a una galería de unos dos metros de profundidad. Son más de las seis y no hay tiempo que perder. Aparcan el coche en un lateral del vallado y mientras unos vigilan, otros echan el cuerpo al otro lado. Luego saltan Carlos, Dylan y Jorge y meten el cadáver en la referida cavidad semienterrado con piedras y cascotes. Apenas media hora después cada uno está de vuelta en su casa.

Tras analizar el teléfono, la policía confirma a los padres de João Jairo que su hijo ha sido una víctima más del macabro juego de la Ballena Azul y que harán todo lo posible por encontrar al responsable y al cuerpo de su hijo. Sus amigos fueron interrogados por separado y, aunque sospechosos, quedaron en libertad con cargos hasta reunir pruebas.

VIERNES 5 DE FEBRERO DE 2021

—Queridas ciudadanas y ciudadanos de Ciudad Real. Como alcaldesa de esta ciudad es para mí un honor inaugurar las obras de remodelación del Arco del Torreón y su entorno. Los informes de la comisión de Patrimonio han probado que desgraciadamente lo que debió ser un túnel que conectaba el Torreón del Alcázar con el exterior de la villa está hundido y las edificaciones incontroladas y autorizadas por corporaciones municipales irresponsables lo han ido cortando hasta el punto de que hoy es imposible su reconstrucción.

No podíamos seguir manteniendo este espacio vallado con suciedad, con los problemas de acceso al entorno y con el propio arco escondido tras unas chapas. Se podrán visitar las galerías que paralizaron la construcción del parking. Ahora, por fin, esta corporación municipal devuelve a la ciudad este entorno remodelado con el acierto que podéis comprobar…

A una distancia prudencial un grupo de seis jovencitos, de entre dieciséis y dieciocho años, siguen el discurso de la alcaldesa preocupados, con los ojos encharcados y la mirada perdida.

FUTURO IM(PERFECTO)

Acabo de llegar y estoy releyendo algunos poemas en esta casa rural en la que te invitan a dejar cualquier libro que traigas para distenderte en un entorno edénico y todavía hoy poco concurrido. De haberlo sabido, habría traído alguno porque no son muchos los desprendidos visitantes que me han precedido y han contribuido a ampliar la pequeña biblioteca que nos obsequia a la entrada antes aún de ver al recepcionista casi anciano que se esconde tras sus gafas de miope con cristales de culo de vaso. Pero de lo que no cabe duda es de que tienen, o tenían, buen gusto: Rilke, Man, García Márquez, Victor Hugo, Faulkner, Rimbaud, Hemingway, César Vallejo, Wilde, Shakespeare, Cervantes, Dante… Clásicos todos ellos, lo que no significa tanto la negativa a dejar a los autores más recientes como el hecho de que igual les pareció inapropiado traerlos aquí. Quizá somos víctimas del tópico de que los clásicos nunca fallan si lo que buscamos es resetear nuestro disco duro y lubricar los afectos. Y ese es justamente mi propósito durante mi breve estancia en este lugar.

Antes que sepa andar el pie, se mueve / camino de la muerte[1]. El porqué estoy releyendo este poema de Quevedo lo dejo

---

1.- Francisco de Quevedo, *Heráclito cristiano*, Salmo XVIII.

para el juicio de mi psiquiatra, quien probablemente situará la opción en el ámbito de mis obsesiones y pensamientos invasivos, como los llama ella. Pero lo cierto es que puede interpretarse de muy diversas formas, que van desde la negrura desgarradora con que se suele mirar la poesía metafísica del autor hasta tomarla como una evidencia, casi una perogrullada, que marca los límites de nuestra aleatoria vida. Desde siempre me ha gustado fantasear con la quimera de un futuro sin solución de continuidad que podemos estirar *sine die*. Y a fuerza de darle vueltas me parece cada vez más factible, si es que no lo ha sido y lo está siendo ya. Me apasiona la aventura de ir en busca de la fuente de la eterna juventud y vencer a la muerte mediante una vida eterna, lo que redundaría en el mayor hallazgo, en mi opinión, de Quevedo, que no es otro que «amor constante, más allá de la muerte». Pero no convertido en polvo, cenizas a fin de cuentas, sino con un cuerpo rejuvenecido que ha burlado a Caronte, el barquero insobornable de la laguna Estigia que contempla con estupor cómo llega sin nada a la otra orilla. Un cuerpo eterno configurado por un alma, o tal vez por el cerebro o la inteligencia artificial, capaz de adaptarse a los contextos que marcarán el devenir de los tiempos. Esa es la fantasía que ahora me deja el espíritu en gozosa suspensión. Acaso una visión inquietante. Sabía que este es un lugar privilegiado para avistar buitres leonados. Sin embargo, no es ese el panorama que esperaba contemplar desde mi habitación, que da a la parte de atrás. La ventana enmarca un cuadro que hubiera firmado cualquier pintor de paisajes que se precie: un atardecer dorado sobre tonalidades verdes. El título: *Paisaje con figura*, la silueta de un buitre leonado claramente perceptible sobre una rama de un roble situado a unos doscientos metros y que mira o parece mirar —volvemos a las manías diagnosticadas y no corregidas— fijamente hacia mi ventana. Si nos preguntaran por una virtud de estas aves, probablemente destacaríamos su paciencia porque el tiempo siempre juega a su favor.

Los cinco huéspedes que nos alojamos aquí coincidimos a las nueve de la noche en el pequeño comedor atendido por la dueña, una mujer de unos cincuenta años que vive en la ciudad y que, según nos cuenta, los fines de semana se ocupa de mimar a los clientes, lo que le sirve de terapia contra el estrés de su trabajo habitual y las rutinas diarias. Durante el resto de la semana deja la gestión de la casa rural en manos de una sobrina. Solo sirve en mesa el segundo plato, el resto se compone de un completísimo bufé con productos de la zona capaz de satisfacer los gustos más exigentes. En cuanto a la bebida, he pedido un Rivera del Duero crianza. Mayte conoce bien el negocio y su atractivo y empatía contribuyen a crear un ambiente desinhibido con saludos y presentaciones. Pese a todo, solo dos comensales optan por sentarse a la misma mesa, dos mujeres entradas en años —aunque de edad indefinida por los sucesivos retoques de cirugía estética, algunos desafortunados— y tuneadas con exceso de afeites. Su complicidad, junto a una indumentaria de jipis retros, parece retrotraerlas a un pasado que se niegan a sumir. Yo diría que son pareja, y así parecen confirmarlo las miradas curiosas y pretendidamente furtivas de los otros dos comensales que como yo han optado por mesas separadas. Ana, así se llama la dama solitaria que se ha situado a mi izquierda, me observa como si de una muestra de laboratorio se tratase. Para mí, recién estrenada la sesentena, me parece muy joven, ¿cuarenta, cuarenta y dos años? Por momentos me siento como en la consulta de la que me he despedido voluntariamente para intentar un vuelo raso, sin motor y según voy sintiendo, sin paracaídas. Hace ya dos años que renuncié a desafiar miradas, y este es un reto al que en otro momento hubiera entrado sin vacilar. Ana tiene un atractivo de un magnetismo poderoso. Y ella lo sabe. A lo que no he renunciado es a escanear a las mujeres con proporciones modélicas, y el de ella podría imprimirlo en 3D sobre la mesa con los ojos cerrados. Tampoco me parece casual que su ubicación me permita ver sus piernas impecablemente cruzadas y con la falda a la altura adecuada para ver y adivinar. No sé a qué habrá venido ella, yo desde luego no tengo ánimo para coqueteos; he venido a espantar fantasmas del pasado y del presente. Sin duda es un objetivo demasiado ambicioso para un fin de semana.

Y un poco más allá, Pedro, quien no puede disimular el hastío y la profunda tristeza que trasluce su rostro demacrado y con la mirada perdida. Es el mayor de todos y viste un fatigado traje gris con camisa blanca y una corbata negra que ha debido acompañarle en innumerables duelos y quebrantos. Por momentos esbozo una tímida sonrisa al pensar que está peor que yo, sin duda un cruel pero necesario consuelo.

Opto por una cena ligera a base de ensalada y verdura. Mayte nos recomienda la tarta de queso, especialidad de la casa. Y se marcha tras informar de que el desayuno estará disponible de ocho a diez. Paloma y Sara se despiden educadamente y suben a su habitación. Pedro opta por ver la televisión en una salita que hay junto a la portería. Y yo decido salir a dar un paseo mientras contemplo de reojo que me sigue Ana. La luna ilumina con bastante nitidez el sendero por el que encamino mis pasos.

—Perdón, ¿me permite que le acompañe?

Vuelvo la cabeza intentando disimular la sorpresa, y espero a que Ana llegue junto a mí.

—Espero que no me malinterprete, pero visto lo visto es usted el único con quien creo que puedo hablar. Tampoco se me escapa que a este lugar no se viene a hacer amigos o a buscar compañía, para eso hay otros viajes y destinos diseñados con ese fin. Si en un momento dado mi compañía le incomoda, no dude en hacérmelo saber. La razón de abordarle así es que usted me produce una extraña curiosidad, es como un enigma que en cierto modo constituye un reto para mí. Comprendo que no es la mejor manera de presentarme, Carlos.

—Desde luego, Ana. Y tomo nota porque como bien dice este es un lugar más propicio para la reflexión que para encuentros buscados o casuales, como parece este. ¿O no?

No me queda más remedio que sostener la mirada a esos ojos zarcos que ahora hurgan en cada recoveco de mi cerebro mientras sus labios esbozan apenas una sonrisa sardónica. Sí, ahora lo sé, reconozco esa mirada. Pero, ¿de qué, cómo y cuándo?

—Si me permites, nos podemos tutear.

—Faltaría más, pensaba pedírtelo yo. Te advierto que no me abro al primer encuentro ni a veces al último. Hace algún tiempo me hubicra esmcrado por conseguir que una compañía como la tuya fuera duradera y, sobre todo, placentera, que para mí es como una relación causa-efecto.

—Vaya, veo que no te van los prolegómenos.

—No me iban, ahora las inseguridades acumuladas en los últimos tiempos me obligarían a ser más paciente y halagador para ganarme el favor de una dama de tu nivel.

—O de un caballero —se apresuró a puntualizar.

—Tú tampoco te andas con rodeos.

—Ya ves que no. ¿Seguimos con el paseo? Por cierto, Carlos, ¿qué tal tu habitación?

—¿Por qué lo preguntas?

—Porque me la ofrecieron antes a mí y la rechacé. Nada más entrar intuí que había un aire enrarecido. Igual era porque la ventana estaba abierta. ¿Te asomaste?

—¿Por qué habría de hacerlo?

—Lo primero que hice nada más llegar fue inspeccionar minuciosamente los alrededores y las vistas a las que daban cada una de las habitaciones.

—Entiendo.

—Pues para no querer abrirte, has mencionado algunos problemas que te preocupan.

—¿Ah, sí? No recuerdo.

—No te preocupes, no he conocido a nadie que no los tenga o los haya tenido. Sin entrar en detalles, yo puedo decirte que mi problema es básicamente de identidad, y necesito que me ayuden a reconocerme.

—Y a que te reconozcan —ahora me toca a mí.

—¿Ves cómo vamos entendiéndonos? Ahora podemos jugar a analizar a los otros huéspedes. A todos nos encanta el cotilleo, ¿verdad? Diagnostica a Pedro.

—Está bien, aunque lo de diagnosticar me parece más que cotilleo, es de mal gusto. Yo diría que está deprimido porque no ha superado la muerte de un ser muy querido.

—¿Su mujer?

—Yo me inclino por un hijo, el único hijo que tenía. Y me atrevería a afirmar que ocurrió del modo más inesperado y cruel.

—Vaya, apostaría a que estabas allí —digo sonriendo.

—Ganarías la apuesta —responde imperturbable—. Bien, ahora tú. ¿Qué decir de las amigas?

—Que no son amigas. Se odian y han venido a ajustar cuentas. Ese encuentro acabará mal, muy mal.

—¿Sabes?, me das miedo.

—Volvamos a la casa, hoy he tenido un día agotador.

—Como quieras, te dije que tú marcabas los límites.

—Pues empiezo a dudarlo.

Me acompaña hasta la puerta y ahora prefiero no mirarla a los ojos. Ella sabe que me tiene a su merced y se despide con una sonrisa burlona. Ya de espaldas susurra:

—Volveremos a encontramos. Por cierto, me sorprende que no hayas preferido a Oscar Wilde. Buenas noches.

¿Cómo sabe qué libro he elegido? ¿Revisó todo el repertorio y volvió después de llegar yo para ver cuál faltaba? ¿Y por qué? En cualquier caso, lo meto en un cajón por si contribuye a enrarecer el ambiente. Pero no me resisto a mirar por la ventana. Sí, sigue ahí, imperturbable, ahora más visible si cabe a la luz de la luna. Y me mira, estoy convencido de ello. La verdad es que me siento fatal, parece como si unos temibles shuar me comprimieran la cabeza hasta reducirla al tamaño de una naranja. Me tomo la dosis convenida de ansiolítico y me dejo caer en la cama completamente desnudo. Hacía mucho tiempo que no tenía una pesadilla tan torturadora. Creo ver a una mujer que lleva como un palo. Ah, es una guadaña. ¿Y qué hace toda esa gente ahí? Son como zombis bailando alrededor de una

losa. Ah, es un cementerio. *NVMASIOI… H.S.E.S.T.T.L…*
No, no puede ser… Despierto sobresaltado, sudoroso.
Enciendo la luz y en la mesita una nota:

> *¿Te acuerdas de la fíbula? Manio no la hizo para ti, sino para mí"*

Ana

¿Cómo? No es posible.

—Mayte, soy Sara, tu sobrina. No sabemos nada de Carlos.
No ha venido a comer y Antón no lo vio salir. Su equipaje
está intacto en la habitación, incluida la ropa que dejó sobre
la silla antes de acostarse, y los zapatos. Y, pásmate, sobre la
cama había un buitre enorme. Ya te imaginarás el susto que
se ha llevado la señora de la limpieza.
—Perdón, soy Ana. Diga a su tía que Carlos no volverá.
—¿Cómo lo sabe?
—Lo sé.

Encuentros, coincidencias y sueños

*«La silueta de una hoja de navaja parece una mujer
bailando el tango»*
(John Berger, King)

Nuestra condición de seres sociales nos aboca inexorablemente ya desde la más tierna infancia a relacionarnos con una fauna humana variopinta y multiforme y que va a ejercer un papel decisivo junto con otros muchos factores en nuestro deambular por este cada vez más estrecho y contaminado mundo. El poso y el paso de los años nos hace reflexionar sobre el alcance y efectos de las amistades, peligrosas a veces; familiares carnales o políticos, y otros contactos y vivencias compartidas o no, dejando en la papelera de reciclaje o habiendo ya eliminado definitivamente la inmensa mayoría de meras coincidencias profesionales, vacacionales o puntuales que constituyen sin duda la mayor parte de nuestros encuentros cotidianos. ¿Cuántas veces nos habremos preguntado «qué hubiera sido si…»? ¡Ah, si tuviéramos la posibilidad de revertir el pasado! Pero los humanos tenemos esa opción, al menos mediante esa potente máquina que es la imaginación que nos permite engancharnos a una realidad virtual en el pasado, no muy distinta de la supuesta realidad del presente, cada vez más virtualizada, si se me permite la palabra. A fin de cuentas, conceptos como pasado, presente y futuro son taxonomías primitivas con las que acotar una dimensión tan inaprensible y escurridiza como es el tiempo. Te invito a jugar al «¿Qué hubiera sido si…?».

PRIMERA HISTORIA

Ainhoa y Brais son dos niños nacidos con tan solo quince días de separación en Tui, Pontevedra. Sus madres están encantadas porque acaban de dar a luz, porque son muy amigas y porque esperan que sus hijos también lo sean. De modo que esa parejita parece predestinada a una amistad condicional y sin fianza en un contexto histórico social que limitaba los movimientos, los agrupamientos y en general las relaciones sociales. Estamos en los comienzos de los sesenta de la España del pasado siglo. Antía y Erea, madres de Ainhoa y Brais, respectivamente, conocieron tiempos mejores. Los padres de Antía regentaron una tienda de ultramarinos que les permitió vivir con relativa holgura. En cuanto a Erea, su padre montó un modesto taller de reparación de vehículos que daba unos beneficios más que estimables para la época. Pero una y otra se enamoraron de los hombres equivocados, si los medimos solo por su ambición y su capacidad para el trabajo. Emancipadas de sus padres por el matrimonio, jubilados aquellos y sin los ingresos de sus respectivos negocios, las dos buenas amigas tuvieron que ir reduciendo gastos: ropas, fiestas, viajes a Vigo y a Santiago y un largo etcétera de pequeños extras que tuvieron en su mocedad. Sus maridos, Antón (de Antía) y Roi salían mejor en la foto de boda que en los requerimientos de los bancos por impagos.

Por eso el nacimiento de Ainhoa y Brais, tras sendos varones que habían dado a luz tres años antes y casi por las mismas fechas, hizo concebir esperanzas a las amigas venidas a menos de que quizá el destino haría que en el futuro formaran una pareja de éxito en todos los órdenes como desagravio a su mal tino. Y la verdad es que las relaciones de vecindad y la vida en la calle por parte de los niños muy propia de la época fue forjando una relación casi de hermandad entre una avispada niña de ojos castaños y bellas hechuras, y un niño bastante introvertido que rehuía los juegos con sus iguales y se refugiaba en su casi inseparable amiga. Tui era por entonces una población con un importante patrimonio histórico, bien conservado aún, y unos trece mil habitantes, lo que no era inconveniente para que los niños anduvieran como perro sin amo correteando de aquí para allá: el paseo de la Corredera, el túnel de las Monjas Clarisas, los jardines del Troncoso…, mientras los padres atendían a sus múltiples y laboriosas tareas. Bueno, más bien las madres, en nuestro caso. Y así hasta el duro momento de la escolarización, que los niños rehuían porque suponía un modo de clausura, en jornada de mañana y tarde, en aquellas desabridas escuelas de entonces que separaba por sexos y que suponía el fin a un recreo interminable y sin normas en que se había convertido su infancia hasta ese momento.

Brais recogía a su amiga Ainhoa camino de la escuela, con poco más de cinco años cumplidos los dos, y ambos iban cogidos de la mano hasta la fatal separación por sexos y por edificios, lo que impedía jugar en el recreo a niños y niñas juntos. Y así hasta la una en que regresaban para comer a casa. A las tres, más de lo mismo, hasta las cinco en que terminaba el cautiverio. Estaban deseando acabar la merienda para volver a sus andanzas por los entresijos de las calles y hasta las inmediaciones del río. Quizá lo más positivo de la escuela fue que los sacó de la estrechez de su relación y les permitió incorporarse poco a poco en lo que inicialmente fueron pandillas de chicas por un lado, y chicos por otro, hasta que mucho más tarde confluirían en pandillas mixtas al lento son con el que el país caminaba hacia una transición que parecía no llegar nunca.

La escuela, como ha quedado dicho, tenía un marcado sabor ácido impuesto por el régimen con cantos patrióticos, culto al dictador, disciplina cuasi militar y la humareda del incienso que impregnaba de ortodoxia católica las aulas, con la inexorable visita del cura los sábados por la mañana para impartir doctrina católica. Y fueron estas visitas las que acabaron marcando el rumbo de Brais, en un principio, y de la parejita a la postre. Porque la escuela era el lugar en que Don Cosme, párroco de San Bartolomé, reclutaba a los monaguillos. Y Brais, un niño dócil, con aspecto un tanto angelical y aplicado en los deberes escolares, daba el tipo que el cura andaba buscando. De modo y manera que el jovencito sumó a sus tareas escolares las que requerían su dedicación diaria a la parroquia en forma de misas, rosarios, bodas, bautizos, entierros y un largo etcétera que Don Cosme le fue ampliando y que culminaban con la misa de doce del domingo, en la que debía pasar lista para informar al maestro de los escolares ausentes. Con el tiempo su entrega a las tareas de monaguillo le fue absorbiendo el tiempo, el seso y el sexo y le sumió en un misticismo que lo distanció de Ainhoa y del género femenino como si hubiese interiorizado por ciencia infusa una orden del tipo «*A mulieribus fugite*». Su amiga siguió con asombro y estupefacción el cambio y cómo de pronto su inseparable amigo rehuía juegos que ella consideró y seguía considerando inocentes, aderezados por la inevitable revolución hormonal de la adolescencia. Prefirió pensar que era una ofuscación transitoria y sin mayor importancia.

Sin embargo Brais, ya con once años cumplidos, vio cómo Don Cosme le tenía preparada una oferta que sus padres, con escasos recursos según vimos, no podían rechazar. Y era su ingreso en el Seminario Menor de Santiago de Compostela. Allí obtendría una formación que de otro modo era imposible y que debía conducir andando el tiempo a la ordenación como presbítero de un prometedor jovencito capacitado para el estudio y con el alma embadurnada por la doctrina católica gracias al buen hacer de don Cosme. El muchacho no alcanzaba a vislumbrar tan lejano horizonte, pero la idea de ir al cursillo de ingreso en el Seminario, en donde conocería a otros muchachos llegados de distintos puntos de la provincia, junto a su más que segura aceptación para estudiar allí, había sido convenientemente edulcorada por el hábil párroco de San Bartolomé de suerte que él no dudaba en que todo aquello redundaría en beneficio propio. Sin olvidar que Santiago de Compostela era una ciudad muy apetecible. Sus padres no lo tenían tan claro, pero la imposibilidad de ofrecerle una alternativa mejor les decidió a dar su consentimiento a sabiendas de que en el peor de los casos, el que Brais no culminase su carrera sacerdotal, la formación adquirida le depararía un futuro más prometedor que si se quedaba en el pueblo.

Y así fue como en el verano del año del Señor de 1971 Brais llegaba colgado del brazo de su entristecida madre a las puertas del que habría de ser su hogar durante los próximos años. Su padre, un crápula en toda su extensión, prefirió despedirlo desde el coche porque no acababa de entender que un muchacho quisiera entrar *motu proprio* en un lugar de aspecto lúgubre y con una disciplina que él mismo hubiera rehusado al instante. Confiaba en que el paso del tiempo y la consiguiente maduración del chico, al que parecía faltarle un hervor, le haría recapacitar y optar por una vida más lisonjera, a imagen y semejanza de la suya.

No nos detendremos en el lento transcurrir del tiempo en la vida de Brais una vez incorporado al Seminario, reforzando lazos casi de sangre con sus compañeros durante años y con una vida extramuros muy desconocida porque incluso en vacaciones las consignas sobre los peligros del mundo exterior y la estrecha vigilancia a que lo sometía Don Cosme hacía de estas una prolongación de su vida cuasi contemplativa. Ainhoa lo vio alejarse de su vida sin remedio y optó por integrarse en una pandilla de amigas hasta que formaron otra mixta con la incorporación de algunos chicos con los que saldrían algunas parejas de novios que necesariamente acabarían en boda ya que por entonces estaba mal visto el vivir en pareja sin casarse, y más aún en los pueblos. La pandilla admitía de grado a Brais en vacaciones y le invitaban, cuando las hormonas habían definido ya los cuerpos de unos y otras, a guateques en que la bebida, la poca luz y las ganas por descubrir los placeres prohibidos provocaban bailes lascivos, emparejamientos en rincones más o menos apartados y el inicio de juegos eróticos propios de jóvenes. Él se sentía bastante incómodo en esos momentos por su timidez, porque no sabía bailar y porque las chicas eran para él un mundo desconocido y lleno de peligros insondables.

Parece como si la muerte de Franco fuera el detonante de tantas cosas esperadas con ansiedad. La impaciencia por el cambio y las novedades que todo ello acarrearía socavó hasta los cimientos de los seminarios que vieron cómo se marchaban la mayor parte de sus alumnos en busca de horizontes por explorar. Y el bueno de Brais se dejó llevar por la marea, de suerte que más por gregarismo que por convicción comunicó a su director espiritual su decisión irrevocable de dejar el Seminario. La noticia fue mal recibida por Erea, que ya barruntaba algo desde hacía tiempo y que se había hecho a la idea de tener un hijo sacerdote. Roi, en cambio, aunque no lo manifestó, se alegró ante la posibilidad de recuperar a un hijo para el mundo habida cuenta de que la iglesia no era en su opinión un lugar especialmente recomendable. Con dieciocho años y el bachiller terminado decidió iniciar estudios de Derecho en la Universidad de Santiago de Compostela. Un año antes Ainhoa ya se había marchado allí en busca de un futuro más prometedor porque no estaba dispuesta a languidecer como solterona y sin recursos en su Tui natal. De momento sobrevivía, después de múltiples calamidades que a punto estuvieron de hacerle arrojar la toalla, como empleada en un Burger King.

Ainhoa y Brais, dos vidas unidas casi en origen que se fueron distanciando por el devenir de los acontecimientos y que ahora discurrían en paralelo con el único punto en común de su actual ubicación.

SEGUNDA HISTORIA

En las postrimerías de la adultez y con los primeros síntomas de la vecindad de la vejez cobra una inusitada virulencia el exitoso tópico horaciano del *Carpe diem*. Muchos hombres y mujeres, casados, solteros, viudos o divorciados, tienen la convicción de haber perdido demasiado tiempo y algún que otro tren que los habría llevado previsiblemente a puertos insospechados y siempre venturosos. Las administraciones públicas, las agencias de viajes, la publicidad asfixiante que se cuela por todas partes invitan a estos colectivos a viajar, a celebrar encuentros de cincuentenarios, de antiguos alumnos —desde el colegio hasta la universidad—, se habilitan salas de baile especialmente pensadas para ellos, talleres y actividades de todo tipo, desde restauración de muebles a la creación literaria, sin olvidar el culto al cuerpo que lleva a tunear carrocerías, someterse a duras sesiones de gimnasio, de yoga o caminatas interminables campo a través. Y es que es duro asumir los estragos que el paso del tiempo va dejando en los cuerpos y en las almas, por más que se intente disimularlos con afeites y ropas con frecuencia inapropiadas para la edad que las más de las veces rozan el ridículo. Pero en cualquier caso la rebeldía ante lo que no queremos ver que se avecina o que ya está aquí delata un meritorio esfuerzo por seguir viviendo, siempre más saludable que la pasiva resignación. Nuestro personaje, Adrián, frisa los sesenta y podríamos ubicarlo en esa ajetreada etapa de la vida que estamos comentando. Se ha jubilado como profesor universitario, pese a que podría seguir hasta los setenta, aburrido porque ha perdido el interés por su trabajo tras más de treinta años de abnegada entrega, porque necesita tiempo para cultivar sus aficiones: lectura, viajes, senderismo, conocer gente, ver cine y, sobre todo, cuidar de su nieto de tan solo dos años que es su mayor pasión. Mantiene un aspecto saludable y hasta parece más joven de lo que es, lo que agrada y disgusta casi a partes iguales a su mujer, a la que ha dado un trato distinto el paso del tiempo pese a haberse sacrificado más que él con dietas, gimnasios y otras mil formas de tortura física y mental tras la difícil frontera de la ya lejana menopausia.

Adrián decidió dedicarse a la enseñanza por su carácter introspectivo, que lo predisponía al estudio y a la investigación, porque era lo único que sabía hacer con solvencia y porque le dejaba tiempo libre para sí mismo. Más de un psicoterapeuta, al que él no hubiera acudido por nada del mundo, le hubiera diagnosticado algún trastorno obsesivo por el mucho tiempo que dedicaba cada día a rumiar recuerdos, invenciones, futuros y pasados posibles o imposibles y un sinfín de fantasías de fabricación propia con las que hablaba consigo mismo, a veces en voz alta. Se enamoró una sola vez de una mujer con la que se casó unos años después de conocerla y su vida ha transcurrido en la más absoluta normalidad, si por tal hemos de admitir la de marido y padre de familia dedicado casi en exclusiva a los suyos, sacrificando hasta una carrera profesional exitosa, pero que le hubiera restado tiempo para su mujer y sus dos hijos, algo que nunca estuvo dispuesto a asumir. Tras su jubilación, dedica un par de horas diarias a escribir unas prematuras memorias, que más bien son un diario íntimo redactado en tercera persona para mirarse con cierta distancia. Y hay un tema recurrente que quisiera espantar y vuelve una y otra vez. Y no es otro que una exalumna de hace diez años a la que no ve desde entonces y con la que no ha intercambiado ni una llamada, ni un mensaje, ni ha sabido nada desde que acabó aquel lejano curso. Esa imagen ha ido desdibujando otra, la de una excompañera de estudios en la facultad a la que ve de tarde en tarde en encuentros de antiguos compañeros de estudios y que vive felizmente casada con su marido, del que no se separa desde que se conocieron con apenas dieciséis años cumplidos.

El entorno universitario en que ha transcurrido la trayectoria profesional de Adrián fue siempre bastante abierto para entablar relaciones entre colegas y de profesores con alumnos y alumnas que a veces acababan en relaciones íntimas y generalmente fugaces. Más atrás, en sus años como estudiante universitario, vivió un despertar al conocimiento del género femenino que le sacó de su tendencia al ensimismamiento pero tomando siempre excesivas cautelas. Al menos así es como él lo va trasladando a su particular diario retrospectivo. No olvidará nunca su primer día de clase en que sintió un flechazo nada más ver a Marga, una morena simpática, muy tractiva y con pareja. Esto último lo supo después. Fue la suya una adolescencia particularmente insulsa y sin estímulos, más allá de su pasión por la lectura y el estudio que a la postre se convirtieron en su mayor ocupación profesional y personal. Si nuestra historia está escrita de antemano, como sostienen los deterministas, la de Adrián dio poco trabajo a su autor por su bajo perfil y falta de emociones.

«Vaya, este primer día de clase me tenía reservada una grata sorpresa. Creo que este grupo de primero va a funcionar bien. Aparte de Luis, el único de mi instituto que se ha matriculado en Químicas, hay dos o tres que se alojan en la misma residencia y con los que pienso que podemos formar un grupo. En cuanto a las chicas, son pocas, solo siete de un grupo de veinte, pero Marga tiene algo especial. No es ni la más guapa, ni la más alta, ni quizá la más preparada, pero tiene algo que me ha tocado por dentro y que no sé explicar. Seguro que ha notado que en cada nueva clase me sentaba más cerca de donde estaba ella con su amiga, mientras que el resto de compañeros tendían a ocupar el mismo sitio o cuando menos en la misma zona en que se sentaron la primera vez. Y algo igualmente raro es que no sabría decir gran cosa de estas primeras horas de presentaciones de materias porque pasaba la mayor parte del tiempo mirándola como embobado. Espero que no lo haya notado, con la cara de panoli que debía poner…».

La cafetería de la facultad y los bares próximos propiciaban encuentros en los que iban conociéndose los compañeros de clase y se formaban grupos para salir por la noche de copas, al cine o simplemente a dar un paseo y conocer la ciudad los recién llegados. Había quienes tenían pareja en su población de origen o que estudiaba en otra facultad. Era el caso de cinco de las siete chicas de primero. La mayor parte de los chicos, en cambio, no tenían aún una pareja estable. Adrián carecía de habilidades sociales, pero se crecía en el grupo, sobre todo de la mano de Luis, un chico divertido y con éxito entre las chicas. Y fue gracias a él como consiguió intercambiar algunas palabras con Marga y su inseparable amiga Miriam en la cafetería de la facultad. Pese a su timidez y una más que evidente falta de desparpajo entendió que caía bien a su idolatrada compañera por la que sentía una atracción fatal al uso de los enamorados de las tragedias antiguas que tanto le cautivaron en sus lecturas de adolescente. Fue para él un duro revés cuando Marga le dijo que su novio, esa fue la palabra que utilizó, llevaba un tiempo trabajando en Marruecos y se veían de tarde en tarde. Pero ni siquiera esa confesión mermó la desazón que le acaloraba al verla o tan solo recordarla. Ella se dejaba acompañar por él con total naturalidad a su domicilio o de compras. Le contaba confidencias que solo acostumbramos a decir a amigos muy próximos y pese al carácter frío y calculador que Adrián padecía, llegó a pensar que todo aquello no era sino el comienzo del que acabaría siendo un idilio con final feliz, por pura inercia. Estas perturbaciones solo le distraían por momentos, aunque eso sí, muy intensamente, de su propósito de acabar el curso con buenas notas y sin sobresaltos. Y a eso consagraba la mayor parte de su tiempo, al estudio y la entrega incondicional a las clases y a las prácticas de laboratorio. Cuando salía con Luis y el resto del grupo iba distraído y pensando en que quizá coincidirían en algún momento con Marga y su amiga en algún lugar. Si finalmente ocurría, le bastaba con que ella le dirigiera una sonrisa para concluir que la salida había merecido la pena.

Y cuando quiso darse cuenta llegó el final de curso y con él dos noticias, una buena y otra mala. La buena era de esperar, unas buenas calificaciones en todas y cada una de las materias. La mala, la ha reflejado así en su diario:

27 de junio de 1978
Hay días que pintan bien y sin embargo se tuercen. Ayer me preguntó Marga si podíamos quedar en torno al mediodía en El Ruben's, una cafetería de moda muy frecuentada por universitarios, jóvenes de toda clase y condición y algunos progres, no tan jóvenes muchos de ellos que practican la caza al acecho agazapados tras

una densa humareda a modo de camuflaje. Mi natural ingenuidad me hizo concebir ilusiones, tras las buenas noticias de final feliz de curso. Pero el motivo de la cita era distinto del que yo ideaba. Cuando llegué Marga hablaba animadamente con Carlos, un tipo alto, moreno y bien parecido del que me había hablado, aunque no demasiado. Era su novio que acababa de llegar de vacaciones y al que la empresa trasladaba a la ciudad tras año y pico en Marruecos. Nos saludamos con la mayor naturalidad y como si nos conociéramos desde hacía mucho tiempo. Yo ignoro si ella le había hablado de mí, y en qué términos. Se limitó a presentarme como un compañero de clase. Lo que no entendí entonces, ni todavía hoy, es el porqué y el para qué de aquel encuentro buscado. Si pretendía observar mi reacción, la recuerdo aún con dolor y, conociendo su agudeza, es seguro que leyó en mis ojos unos absurdos celos y un sentimiento de traición ante los que fui incapaz de reaccionar y que me llevaron a justificar una absurda ocupación para salir de allí lo antes posible. Las heridas en el alma tardan en cicatrizar, y esta era honda…

Hay que dar un salto de casi treinta años en el anodino diario de Adrián para encontrar un brote de atracción, quizá sea demasiado interpretarlo como fatal, por una mujer, en este caso mucho más joven. Fue en la primera clase del curso 2009/10 cuando pasaba lista en primero para comprobar si esta estaba bien o, como solía ocurrir al principio de curso, había alumnos que aún no figuraban en ella por cuestiones puramente administrativas. Le gustaba romper el hielo dando pie a que cada alumno aprovechara para contar a sus compañeros, a los que acababan de conocer, salvo los que procedían del mismo centro de bachillerato, algo sobre sí mismos y sus expectativas de futuro. Adrián se esforzaba constantemente por crear un entorno de empatía en clase para que los alumnos se encontraran a gusto. Y lo conseguía, hasta el punto de que sus clases eran de las más concurridas y mejor valoradas. Por lo demás, él empezaba a estar de vuelta y veía con mirada hipercrítica la situación de la universidad por la desidia de los políticos y su nulo interés por la educación de los jóvenes, por las guerras internas de los departamentos, en las que no solía involucrarse salvo que le pisasen un espacio de respeto y admiración que se había ganado a pulso, por la hipocresía de muchos colegas de sonrisa fácil y puñalada a la espalda, por la falta de gratitud por parte de algunos alumnos por los que tanto había hecho… En fin, presentía que enfilaba la recta final de su paso por la universidad. Solo la convicción de que seguía formando con criterio y abnegación a unos jóvenes a los que cada vez le costaba más entender le mantenían al pie del cañón. Desde hacía algunos años los veía cada vez más jóvenes a medida que él lo era menos. Su hijo mayor era diez años mayor que sus alumnos de primero. No se limitaba a pasar lista desde su mesa, sino que bajaba de la tarima y buscada la proximidad con sus alumnos.

«¡Qué curioso! ¿Por qué me he quedado bloqueado nada más nombrar a Yolanda y fijar en ella mi mirada? Aunque es cinco o seis años mayor que sus compañeros y se nota, a mí no suelen pasarme estas cosas. Es cierto que tiene una sonrisa de película, que tras su fina camisa de seda se adivinan unos pechos perfectos, que me he fijado cuando salía de clase en su figura y no tiene desperdicio, que… Que creo que se ha dado cuenta… Vaya, parece que voy encontrando algunas razones. Igual estoy entrando en la etapa de viejo verde, aunque realmente viejo no soy, ni lo parezco. Y el verde no va conmigo…».

En sus explicaciones en clase desviaba la mirada a uno y otro lado para no desatender a nadie, pero con frecuencia se veía anclado en la mirada de la joven que irradiaba un magnetismo del que le costaba desprenderse. A ella solía apelar con relativa frecuencia para comprobar si seguían con atención sus explicaciones y concluía con argumentos capciosos que no pasaban desapercibidos. A ella le costaba seguir el ritmo de la asignatura porque había retomado los estudios tras varios años en un trabajo que no ofrecía las expectativas deseadas y Adrián se ofreció amablemente a ayudarla en horas de tutorías a las que ella acudía siempre resplandeciente con su mejor sonrisa y vestimenta. Se sentía observada, pese a la timidez que evidenciaba el ya maduro profesor, y probablemente deseada, lo que representaban dos tantos a su favor. Ella había tenido relaciones con algunos jóvenes, aunque las más satisfactorias fueron con algunos mayores a los que conoció puntualmente en algunos de sus viajes. Sentía una gran admiración por Adrián y algo más al comprobar que ella era una alumna un tanto especial para un profesor que nunca traspasaba las líneas de la más estricta profesionalidad, según le habían informado amigos de cursos superiores. Y en ese tira y afloja de un quiero y no quiero, un sí pero no, transcurrió este curso y otro más, pues coincidieron en tercero en una exitosa optativa que impartía Adrián y que ella no dudó en coger.

27 de junio de 2012

«¡Qué curioso! A veces se alían los astros y las fechas para encuentros o despedidas fortuitas o quién sabe si causadas. Tras comprobar su calificación, Yolanda ha venido a agradecerme lo mucho que ha aprendido en mis asignaturas y la paciencia que he tenido con ella durante todo este tiempo. Pese a mi más que probada capacidad para mantener la compostura, he de confesar que la idea de no volver a verla me ha hecho fijarme con una mirada que radiografiaba cada uno de sus gestos. Calificaría de breve pero intenso el encuentro que ha terminado con un cálido abrazo que probablemente hubiera devenido en apasionado de haberse prolongado un poco más. Y un sonriente "¡hasta luego!"…».

Marga y Adrián, Adrián y Yolanda, tres vidas coincidentes en un punto y distantes por el decurso del tiempo y los acontecimientos. *C'est la vie!*

TERCERA Y ÚLTIMA HISTORIA

Los encuentros entre personas ocurren las más de las veces por casualidades, por coincidencias inevitables o por puro azar y con frecuencia nos pasan desapercibidos por su brevedad y por no responder a una relación buscada. En otro orden de cosas habría que situar los contactos buscados en cualquiera de las múltiples aplicaciones que ofrecen las redes sociales a través de Internet y que suelen deparar sorpresas desagradables o algo bastante peor. Cada vez resulta más difícil evitar las aglomeraciones en este ir y venir gregariamente de suerte que más que buscar encuentros lo que intentamos es evitar encontronazos y llegar ilesos al punto de destino.

Daniel es un hombre maduro, de pelo castaño, estatura media y complexión fuerte que se encuentra en una etapa de su vida un tanto acelerada para lo que venía siendo su aburguesado modo de vida con el futuro despejado. Sin embargo, una serie de carambolas y reajustes en su entorno laboral le han llevado sin buscarlo ni desearlo a un cargo que para la mayoría de sus colegas hubiera sido un sueño por el reconocimiento que conlleva y que para él es más bien un incordio por el tiempo que le resta a su *dolce far niente*, que es su principal «ocupación» cuando deja el trabajo. Pero no le dejaron opción porque al parecer es el más indicado para el cargo y confían en que lo desempeñará con eficacia. Lo que más le incomoda son los frecuentes viajes que debe hacer a Madrid para asistir a reuniones tediosas, interminables y en las que se debe fingir, adular y mantener hasta el final una sonrisa prediseñada. Cuando llega a la estación de Atocha con el tiempo muy justo, coge un taxi hasta el lugar de la reunión, generalmente un hotel en que han reservado una sala de reuniones. Pero si lleva tiempo sobrado coge el metro, salvo que sea hora punta, e intenta hacer en el recorrido un breve estudio sociológico a partir de las personas que va encontrando: por edades, extracción social, indumentaria, por lo que llevan encima —el periódico, un libro, un paquete, un niño en brazos—, por la expresión del rostro, por el modo de sentarse, de agarrarse a la barra o al respaldo de un siento… En fin, es un pasatiempo muy divertido que le permite integrar a todas estas personas, más las que se encuentra por pasillos y escaleras en una historia solo esbozada mentalmente y que daría lugar a una novela, o mejor aún, a una serie. Suele situarse en un rincón y concede tan solo una mirada fugaz a cada uno de sus personajes. Con eso le basta para hacerle un guion y asignarle un papel o colocarlo como mero figurante.

Al finalizar la reunión, coge un taxi o el metro en función del tiempo que tiene hasta la salida del tren, y como siempre evitando en el transporte público la asfixiante hora punta por la aglomeración, los empujones y la imposibilidad de recrearse en el estudio de los personajes. Al cabo de cuatro o cinco reuniones, lo que empezó siendo un entretenimiento en un largo trayecto de la línea uno acabó en rutina, una más en su ya de por sí aburrida vida. Sin embargo, como venimos diciendo, el azar, el destino, o como quiera que lo llamemos, a veces nos depara alguna sorpresa, en este caso agradable, o cuando menos insólita. Al menos eso es lo que piensa Daniel.

Era un viernes cualquiera de octubre de 2000 cuando regresaba sobre las seis de la tarde en el metro desde plaza de Castilla hasta Atocha Renfe. Se situó de pie en una esquina del vagón según su costumbre y observó a las cinco personas que viajaban allí: una madre joven con un bebé en brazos, dos estudiantes con sus mochilas a la espalda que comentaban los pormenores de un examen que acababan de hacer y un magrebí con ropa de faena propia de la construcción. Poco material para una historia. En Estrecho se subió una mujer de unos cuarenta años que vino a situarse justo frente a él, de pie y cogida de la barra con una mano para mantener el equilibrio en las arrancadas y paradas. Hasta ahí todo normal, salvo que se situó a medio metro de él. Daniel le hizo una pasada detenida para retener su figura, que se adivinaba más que atractiva bajo una blusa de color rosa palo muy ajustada y una falda de tubo beis hasta la rodilla, también ajustada. La blusa permitía vislumbrar unos pechos perfectos que apuntaban alto y sin ayuda. Un cinturón anaranjado ceñía la blusa a su cintura, que guardaba una proporción con las caderas digna de los cánones de belleza más exigentes. Daniel terminó su recorrido visual en los pies de la mujer, embutidos en uno elegantes zapatos de piel con un poco tacón. Pensó que tendría tiempo para esbozar más tarde el retrato sicológico. Y se equivocaba.

Ella mantenía una mirada fija y desafiante que acompañaba de una sonrisa apenas esbozada. La inquietante proximidad, ahora de un palmo de distancia, solo permitía dos opciones: admitía el reto o desviaba la mirada y se rendía. Y aunque no iba con su carácter y sin saber por qué, optó por lo primero. Llevaba el pelo de color castaño claro recogido a un lado y ahora veía de cerca un rostro de trazos finos y quizá esculpidos con acertada cirugía. Lucía una fina cadena de oro blanco en el cuello. Pero una vez ancladas las miradas solo quedaba ese primerísimo y único plano de los ojos castaños y sin parpadeos que parecían agrandarse por momentos y que le taladraban su cerebro sin piedad. «Bueno —pensó—, igual se baja pronto, o abandona el juego». Pero no, pasaron una estación, y otra, y otra con las paradas incluidas y seguían igual. Ignoraban si los restantes viajeros —ahora eran dos más—, los observaban porque parecían dos personajes de cera, una mera curiosidad vista desde fuera. Pero Daniel lo sentía de modo bien distinto porque aquella imperturbable mirada que lo observaba por dentro había removido su bien amueblado cerebro y lo estaba poniendo patas arriba. Tenía la seguridad de que ella veía todo su interior y disfrutaba con ello a juzgar por su imperturbable media sonrisa. En cambio él, a pesar de que intentaba dilatar sus pupilas para ver en el interior de ella, tropezaba una y otra vez con una cortina impenetrable. Y así en un recorrido difícil de cuantificar en el espacio y en el tiempo hasta Sol, estación en que ella se bajó tras girarse sin parpadear y contoneándose con elegancia. Él la siguió con la mirada hasta que se cerraron las puertas y aún después, pero ella no volvió la cabeza. Él intentó dejarle tras la cortina que velaba su mente un mensaje: «Algún día, en algún lugar, en algún momento volveremos a mirarnos».

Daniel y su extraña compañera de trayecto en el metro: dos miradas coincidentes, penetrantes y dispersas que la casualidad, el azar o el destino hizo coincidir en un momento dado y que el tiempo no borró.

Y ahora, paciente lector, te toca a ti. Puedes, si así lo deseas, reconstruir estas historias con el juego del «¿Qué hubiera sido sí?». Ainhoa y Brais, Marga y Adrián, Adrián y Yolanda, Daniel y la dama del metro: ¿alguno de esos encuentros pudo tener una continuidad?, ¿quizá perdura aún? ¿Y si hay al menos un personaje repetido en las tres historias? ¿Crees que alguno o más de uno de estos encuentros, coincidencias o sueños tuvo una segunda oportunidad? Yo tengo la respuesta, pero no te la puedo decir.

Homenaje a Monterroso

—Llovía con intensidad. Oscuros nubarrones empujados por el viento corrían hacia el oeste dejando entrever a intervalos una brillante luna nueva que radiografiaba con sus *flashes* el bosque somnoliento, empapado y siempre al acecho. El rumor del agua, el silbido del viento, el lejano relámpago, el olor a tierra húmeda, el sabor aún reciente a sangre fresca en el paladar… Una fiesta para los sentidos. Así debió ser, según reza en los escritos, aquella remota noche en que eclosionó el primer huevo. Fue hace mucho, demasiado tiempo…

Los héroes del tiempo aseguran que las rocas del Valle del Olvido fueron testigos —vivos entonces, pétreos desde aquel instante— del mayor de los prodigios acaecidos nunca en Piros. En medio de la tormenta una roca candente rasgó en diagonal la negrura de la noche dejando tras de sí una estela de luz visible desde el confín del orbe. El impactó sacó a Piros de su órbita y la roca, de forma ovoide según describieron los deslenguados testigos de la historia, provocó el Abismo del Nacimiento.

El proceso de enfriamiento de tan singular mineral duró tres eras y catorce edades completas. Terminada la incubación, solo tímidos vestigios y leyendas nos permiten apenas intuir los perfiles de tan extraordinaria criatura. Un crujido ensordecedor produjo el primer eco del valle. Los escasos animales que lo poblaban quedaron sobrecogidos. Presentían que había llegado el momento. La más formidable de las bestias pugnaba por romper el ya cuarteado cascarón. Primero asomó una pata, luego otra, luego su imponente cabeza. Poco después comenzó a subir por las rocosas paredes del Abismo con una fortaleza y decisión impropias de una criatura recién nacida. Sus resoplidos levantaban una nube de polvo, a la que seguía otra tras sus pasos. Al cabo de un rato pudo otear el Valle desde la boca del Abismo. Erguido sobre sus patas traseras saludó a la trémula luz del día con un extraño rugido. Acababa de nacer el rey de las bestias, un terrible lagarto de colosales dimensiones que había de generar un orden nuevo en aquel mundo emergente y a merced de una implacable naturaleza que no conocía más leyes que las propias.

El abuelo relataba con voz ronca y gestos calculados la historia mientras Carlos lo miraba desde su cama con los ojos abiertos y relucientes justo por encima del embozo, sin tan siquiera pestañear vislumbrando los perfiles rugosos del abuelo a través de la mortecina luz que enviaba la vieja lámpara de la mesilla de noche.

—Abuelo, ¿quién bebía sangre?

—Era una familia de lobos gigantes que acababan de abatir a un caballo enfermo. El gran macho apartó a todos con solo mostrar sus enormes colmillos y hundió sus fauces en las entrañas del aún agonizante animal que resoplaba cada vez con menos fuerza. Abriéndose camino a dentelladas y con la cara ensangrentada, el lobo llegó al corazón que aún latía y le dio un mordisco que provocó un estallido de sangre. Todos los miembros de la manada gruñían de placer y un ronquido final acabó con la vida del caballo. Una mirada del gran macho, con sus ojos amarillos que despedían fuego, invitó a todos a lanzarse sobre la pieza para devorarla. De pronto, la tierra comenzó a temblar y un ensordecedor rugido les hizo levantar la cabeza. El jefe de la manada lanzó un aullido que recorrió todo el valle: ¡Auuu…! Todos los animales se movían inquietos… Aún no se habían repuesto del susto cuando los lobos oyeron cómo una enorme criatura, a quien el Gran Mono llamaría muchos años después Dinosaurio, se acercaba a ellos derribando cuantos arbustos le cerraban el paso. Y de pronto…

—Sigue, abuelo. No te pares.

—Allí estaba Dinosaurio, enfrente de ellos, desafiante, con sus más de cinco metros de altura, su enorme boca de la que chorreaba abundante saliva, sus afilados dientes, sus enormes garras, su larga cola…

—Pero, abuelo, si acaba de salir del huevo.

—Claro, de un huevo gigante que había venido del espacio hacía miles de años. ¿Recuerdas?

—Ah, claro. ¿Y qué hizo entonces?

—Tenía hambre, mucha hambre. Pero los lobos lo rodearon para proteger su comida. Entonces el gran macho se abalanzó sobre Dinosaurio con un gran salto. Y cuando casi llega a la cara del imponente lagarto, este lo derriba con un manotazo y lo estrella contra un árbol. Luego aparta uno a uno a los demás acercándose con terribles rugidos hasta que los obliga a huir. El lobo malherido se arrastra y gime de dolor. El nuevo rey lo deja marchar para que todos vean quién manda ahora. Y se acerca al caballo al que desgarra con sus enormes dientes y con fuertes sacudidas de su cabeza. Durante horas come sin parar hasta dejar el cadáver reducido a un montón de huesos, intestinos y pestilentes humores que atrajeron a los carroñeros. Unas extrañas aves con enormes alas membranosas y bocas dentadas se fueron posando en los árboles más próximos esperando su turno. Algunas más atrevidas se acercaron a tan solo unos metros de donde el enorme lagarto seguía comiendo y miraba desafiante a los recién llegados. De pronto se dirigió hacia ellas y la última en emprender un torpe vuelo fue alcanzada por un manotazo de Dinosaurio que la hizo caer. Luego le echó encima una de sus enormes patas hasta hacerla reventar y después le cortó el cuello de un bocado. Y siguió emitiendo gruñidos que provocaron un sonido aterrador en todo el valle. Todas las criaturas permanecían alerta, hasta las que habitaban en las profundidades de la tierra. Y cuando por fin se sació, siguió andando en busca de un lugar donde descansar. Lo que quedaba de su primera noche en este mundo lo pasó en una cueva tras echar de allí a varios osos gigantes que prefirieron huir antes que enfrentarse al que ya todos consideraban el rey de la selva. Tras recorrer cada rincón de la gruta, se tumbó en lo más profundo de ella y no tardó en emitir unos fuertes ronquidos. Había dejado de llover y por fin volvió la paz al valle, al menos de momento.

La tormenta alimentó a los arroyos que se precipitaban hacia el gran río Potamós, plagado de enormes cocodrilos. Al rayar el alba se fue vislumbrando la belleza incomparable de una naturaleza salvaje, vivificada por el agua que aún chorreaba por las hojas de las plantas. Las tonalidades de verde aún no habían recibido nombre porque los monos apenas sabían hablar, solo gritaban desde lo alto de los árboles para saludar al nuevo día tras pasar toda la noche asustados y escondidos en sus nidos. Poco a poco animales y plantas empezaban a desperezarse y sentían una gran curiosidad por ver al animal capaz de sobrecoger a cuantos poblaban el valle.

—Pero, abuelo, los monos ahora tampoco saben hablar.

—¿Sabías que nuestros antepasados eran monos? Pero los que vivían en Piros eran aún los abuelos de nuestros antepasados.

—Ah, como tú.

—Tras la aurora, la espesa vegetación filtraba los primeros rayos de sol que devolvían la tonalidad natural a las plantas, al terreno y a los animales; del rosado al verde, al ocre, al cárdeno, al rojo… a la vida.

—Abuelo, y Dinosaurio… ¿cuándo se despierta?

—Como recordarás, duerme en su gruta tras la opípara cena de la noche anterior. La pesada digestión le hizo dormir toda la noche de un tirón y gran parte de la mañana. Era ya casi el mediodía cuando le despertó el gruñido de un gran oso pardo que le desafiaba reivindicando su gruta. Dinosaurio se incorporó lentamente y encaró al oso pardo que se había alzado sobre sus patas traseras. Cuando este vio la boca abierta de su oponente, con largas filas de cuchillos afilados y el pestilente aliento a carne podrida que le envió con un potente rugido, reculó gruñendo de impotencia a medida que su enemigo avanzaba colérico hacia él. El oso se volvió y comenzó a huir, pero el gran reptil lo alcanzó justo en la boca de la gruta y de un zarpazo le desgarró el lomo y lo marcó profundamente con sus garras. El oso se marchó malherido destinado a una muerte segura como alimento de las alimañas, al igual que el gran lobo que perdió su manada y a estas horas estaba siendo devorado por iguanas gigantes.

Dinosaurio saludó al nuevo día con un potente rugido que ya empezaba a ser familiar a las bestias del Valle. Y bajó al arroyo para saciar su sed. Todos los animales le cedían el paso. La amenaza de los cocodrilos les obligaba a beber con cautela. Pero Dinosaurio se acercó a la orilla y bebió hasta saciarse mientras los reptiles se retiraban asustados por su presencia. Miles de ojos lo observaban desde el agua, desde la orilla, entre los árboles y desde el aire. Era imponente: su piel pardusca, sus potentes patas traseras sobre las que cargaba todo su peso, las patas delanteras más cortas, pero con unas garras enormes, la enorme cola con la que podía derribar un árbol de un golpe…

Una familia de escandalosos simios avanzaba por lo más alto de los árboles saltando y descolgándose por las ramas y las lianas. Algunas hembras llevaban a sus pequeños colgados de la espalda. También ellos querían conocer al nuevo habitante del valle del que solo oían sus rugidos y el tremendo alboroto que su sola presencia había provocado. Ya habían visto morir al gran lobo y cómo agonizaba el oso que había plantado cara a la bestia. Cuando llegaron a un baobab junto al arroyo se pararon en lo más alto y observaban en silencio a Dinosaurio con la respiración contenida. El más pequeño de la familia, llamado Mono, se incorporó sobre la espalda de su madre y miraba atentamente a Dinosaurio. Luego empezó a gritar desafiante y el gran reptil levantó la cabeza y distinguió a la familia en lo alto del árbol a la que dirigió un ensordecedor rugido. La madre de Mono lo reprendió amablemente por su osadía. Cuando el gran reptil se retiró del arroyo, el resto de los animales volvieron a sus ocupaciones habituales. La familia de Mono, que solo bajaba al suelo si la espesura del bosque no les permitía seguir su camino por lo alto, siguieron al macho dominante en busca de frutos, huevos de aves, polluelos con los que alimentarse o algún desgraciado de su propia especie que había invadido su territorio. Tras darle caza en una enloquecida persecución, lo mataban y se lo comían siguiendo un orden jerárquico según el cual rara vez quedaba algo para los más débiles y los pequeños.

El abuelo observaba cómo dormitaba Carlos y de cuando en cuando subía sus párpados cada vez más pesados. Y fue bajando su voz hasta convertirla en un susurro.

Dinosaurio, llevado por un irresistible atavismo, se dirigió al Abismo del Nacimiento y bajó furioso al fondo, y comenzó a escarbar con sus poderosas patas. Al cabo de unas horas en las que levantó una enorme polvareda descubrió lo que parecía un enorme huevo petrificado. Lo olisqueó y comenzó a darle fuertes golpes con sus patas hasta abrirle un boquete a través del cual comprobó que dentro había vida. Después subió a la boca e inició un tranquilo recorrido por el valle.

El abuelo comprobó cómo dormitaba Carlos y decidió acabar la historia.

—Y… ¿qué pasó? —dijo Carlos ya en un plácido entresueño.

—No te lo vas a creer. ¿Te acuerdas de Mono, el pequeño simio?

—Sí, ¿qué hacía?

—Se escapó de su madre cuando oyó llegar a Dinosaurio y bajó al suelo, y se plantó cara a cara frente al enorme reptil que lo observaba inmóvil y aturdido. Luego Mono cogió un palo seco del suelo y lo alzó con las dos manos dirigiéndose decidido hacia Dinosaurio. La familia del pequeño contemplaba absorta la escena. Y tras unos instantes de indecisión, Dinosaurio dio media vuelta y se marchó. Entonces Mono comenzó a dar saltos y gritos con el palo aún en lo alto. Su madre bajó rápidamente y lo subió a lo alto del árbol en donde lo mantuvo fuertemente abrazado durante un largo rato ante la atenta mirada de toda la familia.

Carlos dormía ya profundamente y una sonrisa feliz permitía adivinar que acababa de iniciar su propia visita al gran parque jurásico. El abuelo lo besó y apagó la luz, ahora que los sueños quedaban iluminados.

Y… «cuando despertó, el dinosaurio todavía estaba allí».

DIARIO DE OLIVIA

Je, je… Como se enteren mis padres de que sé leer y escribir… «Será posible, la mocosa con dos años y medio y sabe escribir. No puede ser, pero… ¿cómo ha aprendido? Desde luego esta niña no es normal». Parece que los estoy oyendo. Y la verdad es que no veo qué tiene de raro. Hace tiempo que sé leer el periódico, y los anuncios que salen en la tele, y las etiquetas de las latas de conservas, y la lista de la compra de mamá, y los mensajes de los móviles, y lo que escribe mi hermana en Instagram, y las cosas que escribe papá en Facebook… Anda que como se enterara mamá… Saben, cuando mi papá está en el ordenador yo llego despacito para que me tome sobre sus piernas. Y leo lo que escribe, y a veces, si sale un momento, entro en algunas páginas de internet para mayores que le gustan a él, porque pone «favoritos», o veo correos que le mandan sus amigos con unos archivos que ojo.

Les voy a contar por qué he decidido escribir un diario. Lo primero porque me parece divertido, y porque algún día igual me hago famosa como Ana Frank. Hay que ver, cuánto sufrió la pobre por culpa de esos malditos nazis de mierda. Deberían hacer un juego para ir matándolos a todos con la PSP. Cuando veo al tonto de mi hermano disparando en la Wii me imagino que mata nazis. Y es que les tengo una manía que no los puedo ver. ¿Por qué narices odiarían tanto a los pobres judíos que no hacían nada? ¿Se acuerdan del niño del pijama de rayas? Y es que hay muchas cosas que leo o que veo en la tele y no entiendo. Y eso que soy muy lista, porque un poco raro sí que es que una niña de mi edad sepa tantas cosas y además haya aprendido a leer y a escribir sola. Saben, yo creo que es mi perinola[2] de la suerte la que me da tanta fuerza y me despierta la imaginación. Me ha costado saber hacerla bailar, porque no es fácil, no crean. Pero cuando estoy triste o aburrida la hago girar y enseguida se me ocurre algo o veo cosas que ni había imaginado. La encontré en el desván y desde entonces siempre la llevo encima, como un amuleto. Duermo con la perinola apretada en mi mano y así es seguro que soñaré cosas maravillosas. Decidí empezar mi diario hace algún tiempo, cuando dijeron en el telediario que acababa de morir la viejecita que protegió a Ana Frank y a su familia de los nazis. Yo ya había leído el diario de Ana sin que lo supiera mi madre, claro. Lo cogí de la habitación de mi hermana. Lloré mucho por la muerte de Miep Gies. Saben, los nombres raros se me quedan mejor. Ah, lo de leer sin ir a la escuela también le pasó a Matilda, y seguro que a más niñas. Y pienso que solo a niñas, porque los niños son bobos

---

2.- La redacción más antigua que conservo de este relato es del 22 de septiembre de 2010, con otro título. Yo vi por primera vez Origen –*Inception*, título original– la película de Cristopher Nolan, en agosto de 2019, nueve años después de su estreno en España. Lo que quiero comentar aquí es que me sorprendió, entre otras cosas, el tótem de Cobb, encarnado por DiCaprio, una perinola que le permite dilucidar si está en un sueño o en la vigilia, según gire indefinidamente o pare a medida que pierde fuerza. A Olivia el solo movimiento de su amuleto le hace soñar. Supongo que la perinola aparece ya en *Paprika* (1993), la novela de Yasutaka Tsutsui que aún no he leído y que inspiró el nominado guion de Nolan. Lo que quiero destacar aquí es que a veces se tiende a ver plagios donde solo hay coincidencias creativas porque las mentes de los humanos –japoneses, americanos o españoles, por ejemplo– tienen mucho en común cuando se ponen a idear. Es seguro que hay antecedentes insospechados por la misma Yasutaka Tsutsui.

de capirote y no se enteran de nada. Solo me llevo bien con mi amigo Mario porque le gustan mis travesuras y está un poco loco. Es el único que me entiende. No pienso decirles a mis padres ni pío porque seguro que piensan que estoy embrujada o algo así. Si supieran ellos…

Vivimos en un pueblecito en el que el campo se mete dentro de las casas. Y eso me encanta. Tenemos gallinas, conejos, palomas, tres gatos, dos perros y a mi hermano Jaime, que es medio tonto. Tiene cinco años y cuando lee parece que es tartamudo. Y eso que mi mamá es maestra. Desde luego yo no pienso ir a la escuela. Mi amigo Mario y yo lo pasamos pipa correteando todo el día por ahí y haciendo de las nuestras. Fue él quien me puso Pocaspecas y por eso me gusta ese nombre. Pero si me lo dice mi hermano le tiro un pellizco, y el tonto va corriendo a decírselo a mamá.

Seguro que les interesa que les cuente una travesura que hice hace poco. Mi tía Paula vive en la casa de al lado, pegada a la nuestra. Y también le gustan los animales. Hace dos semanas mi mamá y ella compraron unos pollitos pequeños en el mercadillo. A mí me chiflan, tan blanditos, como de peluche. Estaban sueltos por el corral con su *pío, pio*. Seguro que llamaban a su mamá. Y yo cogí uno y lo apreté fuerte. ¡Estaba tan blandito! También cojo así a mis peluches, y mi perinola y el lápiz gordote con el que escribo mi diario. No lo hice con mala intención, de verdad. Pero al poco tiempo no se movía, y eso que le canté una canción de cuna y todo. Nada, que había cerrado los ojos y no respiraba el pobre. Yo lo ponía de pie y él se caía, y así cuarenta veces por lo menos. Hasta que me dio pena y me puse a llorar. Sus hermanitos seguro que lo echarían en falta y, sobre todo, mi mamá. Así es que hice bailar mi perinola y enseguida se me ocurrió un plan. En este pueblo en que vivo las puertas están casi siempre abiertas y no pasa nada porque nos conocemos todo el mundo. Así que cogí al pollito muerto y me fui a casa de mi tía y lo dejé con sus primos. Luego agarré uno de mi tía y lo solté en casa con los que había comprado mamá. ¡Tenían que ver a mi tía cuando llegó de hacer las compras! «¡Raquel, Raquel, ven!». Ah, se me ha olvidado decirles que mi mamá se llama Raquel, y mi padre Fernando, y trabaja en la única caja de ahorros que hay en el pueblo. Bueno, debe trabajar poco, porque dicen que con la dichosa crisis no hay dinero. Ya les presento también a mi hermana Sara, que tiene doce años y ahora tontea con un chico, bueno con otro, porque ha discutido con Luis, que me cae mejor que este de ahora. Es que no dice más que tonterías y no sé cómo puede leer mi hermana las estupideces que le escribe. Cualquier día se lo digo a mamá. Bueno, de Jaime casi no quiero hablar porque nos peleamos todo el rato.

Lo del pollito muerto fue muy divertido cuando se me pasó el disgusto. Yo fui corriendo con mamá para ver qué cara ponía mi tía. «¡Qué te parece, un pollito muerto! Pero si hace solo un rato estaba correteando con sus hermanos, tan sano. ¿Y si estaba enfermo y les ocurre lo mismo a sus hermanos?». Por poco si me descubren cuando dije que los demás no eran sus hermanos, sino sus primos. Y tuve que taparme la boca con un peluche porque no podía contener la risa. Luego me ofrecí para enterrarlo. Era lo menos que podía hacer por el pobre pollito, pero no me dejaron.

Bueno, por hoy ya está bien. Voy a esconder este cuaderno en el que he comenzado mi diario, aunque igual no escribo todos los días porque siempre no tengo algo que contar. Ya veré.

…Han pasado ya unos cuantos días, una semana más o menos. No he escrito nada antes porque he estado aburrida durante algún tiempo. En casa no me hacen caso, y mi amigo Mario ha estado fuera del pueblo toda la semana. Pero hoy me ha ocurrido algo terrible; vamos, que por poco si me muero. Sí, sí, como lo oyen. Y es muy triste cuando sabes que vas a morir. Yo intentaba pensar en el cielo, en los angelitos y todas esas cosas que cuenta el cura en misa. Porque mi mamá me lleva a misa los domingos. Mi papá casi siempre tiene cosas que hacer a la hora de misa. Yo creo que le ocurre como a mí. Si supieran cuánto me aburre don Ubaldo… Vaya nombrecito que le pusieron al pobre. A mí me resultan divertidas algunas lecturas, y hasta el evangelio, pero cuando se pone a hablar por su cuenta me dan ganas de salir pitando. Más de una vez he hecho bailar mi perinola en el banco durante la homilía para imaginar que estaba en otro sitio. En cierta ocasión me tuvo que despertar mi mamá porque empecé a gritar pensando que era uno de los tres cerditos a punto de ser devorada por el lobo. ¡Vaya rato que pasé!

Pero cuando estaba a punto de morir, ahora de verdad, no pensaba en angelitos ni nada, es como si tuviera la mente en blanco y me fuese agotando poco a poco. En mi pueblo las calles son empinadas y estrechas, y los pocos coches que pasan van muy despacito. Por eso los niños salimos a la calle y vamos de aquí para allá tan tranquilos. Yo sé conducir mi triciclo y dar vueltas a derecha e izquicrda, marcha atrás, y hasta sé hacer caballitos, como Marc Márquez, que es mi ídolo, aunque Rossi me cae muy bien porque es muy gracioso, y además es un gran campeón.

Pero hoy he tenido una ocurrencia peligrosa, sin perinola ni nada. He dejado el triciclo debajo de la ventana de una vecina que me cae fatal, porque siempre le está diciendo a mamá que debe vigilarme más porque cualquier día les daré un disgusto. Es una vieja gruñona que se mete con todo el mundo, y cuando he visto la persiana subida he querido asomarme para ver qué hacía. Y me he montado de pie en el asiento del triciclo y he metido la cabeza entre los barrotes de la reja para ver mejor a través de los visillos. Y de pronto… ¡zás!, el triciclo echa a andar y me quedo colgando de la reja sujeta solo por el cuello. Solo podía mover los pies para que me viera alguien. Pero no podía gritar y me iba asfixiando poco a poco hasta que ya casi no podía moverme. Entonces pensé que me moría y que igual iba al infierno por tantas travesuras como he hecho. El cura dijo una vez que hasta que no se tiene uso de razón no se peca, pero yo tengo uso de razón desde hace mucho tiempo. Yo diría que más que él, porque yo no digo tantas tonterías. Y aunque cuando estás bien no crees en el infierno, si vas a morir piensas que a lo mejor existe y vas a pasar allí toda una vida, que según dice don Ubaldo es eterna. Figúrense, con lo horrible que debe ser. Y cuando ya no me quedaba aire para respirar oí gritar a Jaime: «¡Mamá, mamá, ven enseguida!». Menos mal que mi mamá estaba en casa y me sacó de la reja de la ventana. «¡Olivia, Olivia, mírame, hija! No pasa nada, ya estás con mamá. ¡Respira, respira!». Y poco a poco pude coger aire y ver la cara de mi mamá, y a Jaime llorando. Saben, desde entonces me cae mejor mi hermano, aunque seguimos discutiendo. Me reprocha que me salvó la vida y eso me cabrea bastante. También me la salvó mamá y no me lo echa en cara. Después de un rato, cuando ya se me había pasado el susto, hice bailar mi perinola. Y entonces sí que se me ocurrió una buena historia. Pero se la contaré cuando la lleve a cabo, porque quiero planearla bien.

…Estamos ya en invierno, y en esta época del año siempre me pasan menos cosas interesantes. Es que ni bailando la perinola se me ocurren cosas durante días y días. Apenas si se puede salir por el frío y la lluvia. Parecía que no iba a acabar de llover nunca. ¡Qué hartura! Menos mal que seguía pensando en la travesura que se me ocurrió después de lo del triciclo y la dichosa ventana de la vecina. Cada día me cae peor. Saben, me la imagino riendo con esa boca fofa, sin dientes, tras los visillos mientras yo me asfixio. Y entonces me dan ganas de cogerla y… No sé, no sé… Me pone de los nervios, como me dice mi mamá a mí cuando hago algo que no le gusta, que es casi todo lo que hago.

Como les conté, mi mamá me lleva a misa los domingos. De don Ubaldo mejor no hablar. El caso es que con las lluvias casi se ha hundido el tejado de la iglesia y desde hace algunas semanas la misa se hace en un viejo salón. A mí siempre se me hace la boca agua cuando mamá va a comulgar y le dan ese trocito de oblea tan blanquito y ronchón. Pero me dice mamá que hasta que no haga la primera comunión no puedo probarlo. Y antes me tendré que confesar. Esto sí que es el colmo. Que se prepare el cura porque voy para rato. Me intriga mucho saber a qué sabrá, porque según don Ubaldo es el cuerpo de Cristo. Ya les dije que hay unas cuantas cosas que no entiendo. Y del vino ni les cuento. No sé por qué bebe solo él. A mi mamá también le gusta tomar algún vinito. Pero no crean, bebe poco y solo con las amigas si salen por ahí. También me intriga el que guarden las obleas que sobran en el sagrario, ya saben, esa cajita dorada que cierra el cura con llave. Pero ahora, con el traslado al viejo salón queda más a mano. Y la llave la deja el cura en una cajita plateada justo al lado. Así es que le comenté a mi amigo Mario si quería probar el cuerpo de Cristo. Me dijo que sí, pero le daba miedo que nos pillasen. Aunque está un poco loco, a veces es un cagueta y tengo que animarlo. Le dije que lo que teníamos que hacer es espiar a la señora de la limpieza y aprovechar la ocasión.

Raimunda limpia el salón los miércoles, a las once de la mañana, más o menos. Primero abre las ventanas, y luego limpia el polvo, barre y finalmente friega el piso. Después se pasa a la habitación de al lado, que hace de sacristía. Y sale de allí a la media hora, más o menos. Ah, a veces le da un tiento al vino de misa. Sí, sí, que la hemos visto Mario y yo. Así es que decidimos que el miércoles pasado era el día elegido. Mario me dijo si no sería pecado. Pero yo le dije que tomar el cuerpo de Cristo no puede ser un pecado, o todo lo más venial por ser menores de edad. Así es que espiamos a Raimunda y al cabo de un rato hice bailar la perinola para que nos trajera suerte. Y funcionó, porque Raimunda salió a la calle y dejó la puerta abierta. Vimos cómo iba a la tienda de ultramarinos. Así es que pasamos al salón y acercamos una silla al sagrario. Luego cogí la llave y me subí a la silla. Y lo abrí. Allí estaba el copón con un montón de obleas, blancas y crujientes. Le dije a Mario que vigilara por si venía Raimunda, pero no me hizo caso porque dijo que entre tanto yo me comería todo. Comíamos tan deprisa que se nos pegaban en el paladar. «Ahora sé por qué el cura bebe vino –dijo Mario—. Vamos a la sacristía, ¡que me asfixio!». Y nos echamos un buen trago de vino. ¡Estaba tan dulce! Nos pusimos un poco piripis y nos dio por reír y bailar y hacer tonterías. Bueno con decirles que Mario hasta se puso una casulla y yo un roquete que nos llegaban hasta los pies. Yo es que me tronchaba. Y fue pasando el tiempo, y pasando, y pasando… Hasta que llegó Raimunda.

Lo que ocurrió después ya se lo pueden imaginar. Nuestros padres nos echaron unas regañinas de campeonato. Yo no había visto a mi papá tan enfadado en mucho tiempo. «¡Qué vergüenza, un sacrilegio!». Y eso que él no va a misa. Bien que se me ha quedado la palabrita, porque don Ubaldo no habla de otra cosa. Y para colmo nos han castigado a Mario y a mí una semana sin salir. Pero don Ubaldo se pasó con lo del infierno. Yo creo que es por su culpa que mi perinola ya no me trae suerte, ni imagino cosas divertidas. Estoy hasta el gorro de la tele, siempre con lo mismo. Además me preocupa mucho lo que cuentan de tsunamis, terremotos, naufragios y cosas así, con todos esos pobres que sacan de los escombros, y los muertos por todos lados, y los vivos sin comida, ni casa, y los niños huérfanos. Ven, son estas cosas las que no sé por qué pasan. Pero lo que más me preocupó de todo es que un reportero dijo que las ciudades afectadas son un infierno. Desde hace varias semanas todas esas imágenes tan horribles se me vienen otra vez a la cabeza cuando hablan de temblores de tierra y volcanes que escupen cenizas y lava, como el de La Palma.

Les voy a contar una cosa, pero no se la digan a nadie, ¿vale? Por la noche, cuando están todos dormidos en casa, yo salgo de mi habitación con mi forro polar y me voy a dormir al jardín a la caseta de Frodo. Ah, no les dije que este mastín es mi perro preferido. Y me acurruco junto a él hasta que me despiertan los gallos. Es por si se hunde mi habitación mientras duermo y voy al infierno tras morir aplastada como aquellos pobres negritos de Haití o los chinitos o los de tantos lugares.

—…Olivia, ¿qué haces? A ver ese cuaderno. ¿Pero todo esto lo has escrito tú? ¡Fernando, ven! Mira esto. No puede ser, pero… ¿cómo ha aprendido? Desde luego esta niña no es normal.

NARCOVACACIONES

Curro y José Luis pasean como cada mañana desde hace casi un año por el patio de la prisión.

— ¡El maldito ojo de la cerradura nos trajo aquí! Estoy convencido.

—¿Cómo podemos saberlo? Y habla más despacio, Curro, porque estamos rodeados de soplones de mierda y funcionarios que observan y escuchan desde cualquier sitio. Debemos tener cuidado, y más aún cuando salgamos.

—¿Sabes? —dijo ahora en tono casi confidencial—, te he dicho más de una vez que alguien te vio por el ojo de la cerradura guardar el polvo en el armario de aquel motel de tres al cuarto. No hay otra explicación porque es imposible que hubiera videocámaras en semejante antro.

—Y ese o esa también vio por ese procedimiento a Clarena esconder la pasta. No sé… Nos confiamos al ver que era un lugar de paso para camioneros y comerciales. Tal vez fue un chivatazo.

—Vamos, no seas ingenuo; porque en ese caso no estaríamos aquí, sino muertos. ¿No te has preguntado nunca por qué no apareció la guita?

—Se lo quedaría la pasma. ¡Menudos cabrones!

El Motel Don Jamón está situado en el Km 101 de la autovía de Andalucía, la A-4, en pleno páramo manchego. La fachada apenas es visible desde la carretera por la gran cantidad de camiones que suele haber sobre todo al mediodía y al atardecer. Diversas reformas acometidas en las últimas décadas han dado lustre a la que antaño fuera una modesta venta para descanso de arrieros. La sencilla fachada enjalbegada no permite intuir la existencia de un coqueto patio interior ajardinado adonde dan las habitaciones con puertas de estampa antigua y herraje de falsa forja. Las llaves simulan las de los viejos portones a través de cuyo ojo puede verse casi toda la habitación enmarcada en arco de herradura mozárabe. Petra regenta este negocio con la ayuda de su marido Norberto desde que hace casi diez años muriera la madre de ella y él tuviese que prejubilarse con cuarenta y nueve años por culpa de un desgraciado accidente con el tractor de resultas del cual perdió un pie tras la primera operación y casi toda la pierna en varias intervenciones quirúrgicas desafortunadas. Una pierna ortopédica que nunca acabó de encajar del todo bien le permitía desplazarse de babor a estribor con un balanceo cómico y no poco estrépito cuando alcanzaba el piso de madera cobijado bajo la arcada del patio. Petra reprochaba constantemente el voyerismo de viejo verde que fue desarrollando su marido para espiar a parejas que ocasionalmente pernoctaban en el motel y a otros transeúntes que él tildaba de sospechosos. Una mente calenturienta y muchos atracones de películas policíacas le hicieron convertirse en un detective aficionado que debía velar, según confesaba a su mujer, por la seguridad del negocio y de ellos mismos.

CUATROS AÑOS ANTES

El 3 de marzo de 2001 José Luis y Clarena llegaban a Madrid en vuelo procedente del Aeropuerto Internacional Ciudad de México. Ella era una guapa mestiza de veintiún años nacida en San Cristóbal de las Casas fruto del matrimonio de su padre, un modesto empleado de banco de origen andaluz, y su madre, de origen amerindio. En cuanto a él, tres años mayor que ella, tenía los rasgos inconfundibles de su etnia tzotzil: medía un metro sesenta y cinco, tez muy morena, la cara redondeada en la que destacaban sus ojos negros y muy vivos y una boca grande. Se conocieron en el levantamiento zapatista del 1 de enero de 1994. Él era uno de los indígenas encapuchados del Ejército Zapatista de Liberación Nacional (EZLN) que tomaron el palacio municipal. Luego saquearon tiendas y farmacias y crearon el caos en la ciudad antes de retirarse. Ella, con catorce años casi recién cumplidos siguió con expectación los acontecimientos y veía como héroes a los asaltantes. Uno de ellos se quedó mirándola cuando ya iban de retirada y se le acercó con la cara descubierta.

—Eres muy guapa. Y volveremos a vernos. Yo no te olvidaré.

Quedó impresionada y desde ese momento no dejó de recabar información sobre las actividades del ejército zapatista, refugiado en la selva Lacandona tras enfrentarse al ejército mexicano. Pero no volverían a verse hasta el 4 de noviembre de 1997 en que casualmente Clarena se encontraba en Tila con sus padres cuando se produjo el ataque a los obispos de la diócesis de San Cristóbal de las Casas. José Luis la reconoció entre la muchedumbre que seguía con estupor los acontecimientos y no pudo reprimir la atracción irresistible que sintió. Se le acercó para decirle que la visitaría cuando pudiera y la tendría informada de sus pasos. Y que lo esperara si también ella sentía algo por él. A partir de entonces su relación se fue afianzando con encuentros furtivos que acrecentaron su admiración por el que ella consideraba un héroe que luchaba por los derechos de los pueblos indígenas y todos los oprimidos por un sistema de castas, en definitiva. Sin embargo, los ideales que llevaron a José Luis a integrarse en el ejército zapatista junto a la pura necesidad de ayudar a su familia se fueron desvaneciendo tras integrarse en el cártel de los Zetas, en donde acumuló en poco tiempo un largo historial de tráfico de drogas y robos, si bien aseguraba a Clarena que aún no había tenido que matar a nadie.

Pero todo cambió en 2001 cuando José Luis recibió la orden de asesinar a un empresario de Veracruz que se negó a seguir aceptando la extorsión a que estaba sometido. Para entonces eran una pareja muy unida y dispuesta a afrontar juntos el futuro, lo que facilitó a José Luis la tarea de convencerla de que debían abandonar el país debido a que no tenía intención de cumplir con el encargo que le habían hecho. La elección de su destino en España no fue casual, como tampoco el que Curro los estuviera esperando en el aeropuerto de Madrid-Barajas para trasladarlos en un largo viaje en coche hasta Algeciras. La cercanía de Gibraltar, que facilitaba el blanqueo de dinero; Marruecos y su producción de hachís; y la Costa del Sol con sus potentes mafias se confabulan para convertir a esta ciudad en un destino adecuado para alguien como José Luis, todo un experto en el transporte y distribución de droga, más lo que había aprendido sobre el blanqueo de dinero.

Curro, por su parte, contaba entonces veintisiete años y trabajaba como estibador en el puerto, lo que le permitía conocer de primera mano los entresijos del tráfico de drogas, en el que él mismo estaba implicado desde hacía años. El trabajo era en realidad una tapadera porque su nivel de vida, impropio de su condición de asalariado, provenía de sus relaciones con los narcos de uno y otro lado de la orilla. Un puerto por el que pasaban más de cincuenta millones de toneladas al año y una más que contrastada permisividad con el narcotráfico por parte de los responsables políticos permitía mantener una sólida economía sumergida basada en el tráfico de drogas. Allí confluyen las principales redes internacionales de narcotráfico, especialmente las mejicanas, con el cártel de Sinaloa a la cabeza, y la más que conocida conexión con el narco gallego, aparte del incesante tráfico de droga a través del Estrecho. Algeciras es la puerta de entrada de la droga a Europa, una imagen que sus ciudadanos no consiguen quitarse de encima, aunque les pese.

—Como sabéis, tenemos casi setecientos kilómetros de viaje por delante. Haremos varias paradas para tomar algo y descansar. Y para ir conociéndonos, porque vuestro amigo Jhony, «El Capibara», no ha sido muy explícito al informarme acerca de vosotros. Ni que decir tiene que la discreción es fundamental para no despertar sospecha alguna. En España no hay tanta permisividad como en México con el narcotráfico, ni siquiera en Algeciras. No sé de qué huis, pero es seguro que me estoy jugando el bigote solo con recogeros.

—No se preocupe, no somos importantes. Clarena no tiene nada que ver con el narco, viene conmigo por puro amor. Y en cuanto a mí, ya se habrá ocupado otro del encargo que no quise hacer. No les he robado nada ni tengo información sensible. De modo que no se ocupará mi organización de buscar a un don nadie como yo.

—Puedes tutearme. Me podéis llamar Curro. Te ha quedado bien eso de «la organización». La verdad es que no habéis sido muy originales a la hora de elegir el destino. Te aseguro que no resultaría muy difícil a tus exjefes dar con vosotros. Pero entiendo que no teníais muchas opciones debido a vuestra falta de formación y de medios, según me dijo Jhony. Hacéis buena pareja, aunque lamento deciros que el puro amor del que hablas, y del que no dudo, va a sufrir pruebas difíciles en este mundo en que estáis metidos —dijo Curro mirando a Clarena a través del retrovisor.

Durante el viaje les informó de los planes que tenía para ellos. De momento les proporcionaría una falsa identidad y vivirían en un modesto apartamento situado en la periferia de la ciudad. Ella trabajaría por ahora como asalariada en una empresa de limpieza y él se ocuparía de atender a un matrimonio mayor durante diez horas diarias por un módico salario. Debían presentarse como un joven matrimonio emigrado a España en busca de trabajo. Una vez instalados y pasado un tiempo prudencial, conocerían los planes que tenía para ellos. Ya que asumía un riesgo con su acogida, tenía la intención de rentabilizarla a cambio de dar algún golpe y poder dejar de ser un camello de medio pelo. Por supuesto sería él quien se pondría en contacto con ellos cuando lo estimase oportuno. Y a todos los efectos ellos no lo conocían.

Como cabía esperar, los primeros momentos no fueron fáciles para la joven pareja. El apartamento estaba en un estado lamentable y el barrio carecía de infraestructuras. Él no pudo traer dinero para no despertar sospechas, aparte de que su contacto, El Capibara, lo desplumó a cambio de proporcionarle una salida del país supuestamente segura y con un contacto de confianza en España. Por lo demás, sus ingresos apenas si alcanzaban para pagar el alquiler y cubrir sus necesidades básicas. La pasión que sentían el uno por el otro compensaba los sinsabores. No obstante, Clarena lloraba a escondidas porque no podía olvidarse de su familia, a la que había dejado con una simple carta de despedida en la que les pedía encarecidamente que no denunciaran su desaparición porque se iba voluntariamente y la denuncia la pondría en peligro. Cuando algún conocido preguntara por ella, debían decir que estaba estudiando en Estados Unidos y que quería buscar fortuna allí. Sentía no poder decirles más porque la comprometería. Pero no debían preocuparse por ella, aunque le sería imposible comunicarse con ellos. En cuanto a José Luis, para él fue una liberación escapar del cártel. Su familia vivía dignamente gracias a él y les dijo que se marchaba para siempre y no podría ponerse en contacto con ellos. Es algo que tenían asumido sus padres y hermanos y siempre era preferible a acabar muerto, como ocurría con frecuencia a quienes vivían en el filo de la navaja como él. No se le ocultaba, sin embargo, que su familia padecería un duro interrogatorio por parte de sus antiguos camaradas en busca de información hasta cerciorarse de que desconocían su paradero. Pero prefería no pensar en eso.

En cuanto a Curro, era receptor de pequeños envíos de hachís que distribuía entre los camellos de la ciudad. Pero no tardaron en ofrecerle la posibilidad de colocar paquetes de hasta cinco kilos, con la complicidad del agente de aduanas de turno, naturalmente. En este caso el destino era el puerto de Barcelona. Su papel consistía en convencer a algún camionero que cargara contenedores en el puerto de Algeciras con destino a Cataluña para que camuflara el paquete en algún hueco de la carga. La crisis del transporte por carretera, con unos gastos que aumentaban día a día por el encarecimiento del petróleo, la subida de los tipos de interés en los préstamos y los gastos de mantenimiento de los vehículos llevó a algunos transportistas al borde de la quiebra a arriesgarse con el transporte encubierto de drogas. Alguien a quien no conocían en absoluto recogía en el puerto de Barcelona el paquete por el que el camionero recibía una cantidad de dinero equivalente a lo que percibía por transportar más de veinte toneladas de diversas mercancías tres veces al mes desde Algeciras a Barcelona. La aparente sensación de impunidad hizo que Curro dispusiera pronto de varios conductores dispuestos a hacer estos portes tan rentables. Él cobraba igual que el agente que hacía la vista gorda cuando los paquetes de droga pasaban por delante de sus narices burdamente camuflados. Y no solo el hachís, por allí pasaba todo tipo de droga, preferentemente cocaína.

Por lo que respecta a José Luis y Clarena, Curro los fue introduciendo en el menudeo para que conocieran el mundillo de la droga de la ciudad a pequeña escala en espera de la gran oportunidad, como él decía. Había transcurrido casi un año desde que llegaran a Algeciras y todo parecía indicar que en México los daban por desaparecidos. El atractivo irresistible de ella la convertía en un camello altamente rentable para las aspiraciones de Curro. Le costó convencerla, pero José Luis y ella estaban en sus manos y no le quedó más remedio que frecuentar las salas de fiestas, los lugares de botellón y las macrofiestas organizadas para jóvenes en donde debía colocar la droga con unas artes que fue perfeccionando poco a poco. José Luis, por su parte, se encargaba de obtener información sobre las planeadoras que surcaban el estrecho de Gibraltar cargadas de fardos así como el destino y distribución de la droga que llegaba a las costas de Cádiz. No le llevó mucho tiempo el conocer los entresijos de tan lucrativo negocio y qué teclas había que tocar para introducirse en alguna mafia. Cuando tuvo suficiente información, le dijo a Curro que, en su opinión, lo más interesante era entrar en el negocio de los fardos perdidos. Los más fáciles de coger eran los que los narcos abandonaban en la costa cuando la Guardia Civil los sorprendía cargando lo coches 4x4 en plena noche. Antes de que los guardias controlaran la situación, un nutrido número de depredadores se hacía con parte del botín. Sin embargo, lo más rentable era hacerse con fardos tirados mar adentro por los narcos cuando se veían acosados por el helicóptero y las patrulleras de la Guardia Civil. Había caladeros en los que se podría hacer una «pesca» abundante.

—Seguro que sabes cómo pescar esos fardos, ¿verdad? —preguntó Curro—.

—Habrás oído hablar del club Rompeolas. Enseñan a hacer surf y organizan muchas actividades orientadas al deporte acuático preferentemente entre niños. Y también tienen una sección de buceo, que es la más lucrativa.

—Entiendo. Y nosotros vamos a hacer un curso intensivo de pesca submarina. ¿O me equivoco?

—No es tan sencillo. Antes debemos pasar alguna que otra prueba hasta que la «organización» nos dé el visto bueno.

4 DE ABRIL DE 2005 EN UN BAR DEL EXTRARRADIO DE ALGECIRAS

—Como podéis comprobar, el sitio no es muy acogedor, pero es seguro —comenta Curro a José Luis y a Clarena—. Veréis, tengo un plan. Nuestras excursiones a alta mar —puso un énfasis especial en «excursiones»—, la mayoría de las veces fueron un auténtico fracaso. No obstante, el reunir al día de hoy ocho kilos de cocaína de gran pureza es un botín más que interesante. A ello hay que añadir casi un millón de euros conseguido gracias a nuestro eficiente trabajo en equipo. Supongo que no necesito recordaros que el setenta por ciento de todo eso me pertenece. Bien, para ir concretando, la policía es lenta pero van atando cabos y más pronto que tarde nos van a trincar. Ha llegado el momento de dar el golpe. El próximo fin de semana nos vamos a Barcelona con el dinero y la droga.

—¿Y qué será de nosotros? —pregunta Clarena.

—¡Claro! —interviene ahora José Luis—. Tú eres nuestro único contacto aquí, y fuera de Algeciras no sabremos qué hacer ni adónde ir.

—Ese es vuestro problema. Yo me comprometí a esconderos en España y procuraros una subsistencia digna. Sabíais que antes o después tendríais que volar solos. Y ha llegado ese momento. En Barcelona, cuando entreguemos la droga, os doy vuestra parte de la guita y nos separaremos. Como podéis suponer, el último sitio al que podríamos venir es aquí.

—Puesto que Clarena y yo nos llevaremos el treinta por ciento, debemos saber cuánto te pagarán por la colombiana.

—Eso lo sabréis en su momento.

La velada transcurrió con bastante frialdad. Por entonces, el deterioro en la relación entre José Luis y Clarena era irreparable y solo quedaba el cariño por todo lo vivido juntos y la complicidad que comparten los desterrados. Ella tuvo encuentros ocasionales con diversos tipos del mundo del narco que le permitían conseguir información acerca de las pesquisas de la bofia y los complejos entramados de quienes movían los hilos del narcotráfico en la ciudad, asociado a una infame trata de personas. Durante un tiempo ella se sintió atraída por Curro, quien nunca pudo disimular la irresistible tentación que ella representaba para él. Pero su carácter calculador, su suspicacia, la inseguridad que transmitía por moverse desde hacía demasiado tiempo en la cuerda floja la hacía sentirse a ella como un objeto de placer de desecho. Clarena no tardó en comprender que con él no lograría nunca mejorar su posicionamiento en el negocio a tres bandas, o mejor a dos, pues ella formaba un lote con José Luis. Tampoco encontraba la manera de largarse con las perras y las drogas porque ni siquiera en momentos de clímax sexual con Curro consiguió averiguar dónde escondía el botín, tan celosamente guardado. De modo que solo aguardaba que el azar propiciase un punto de suerte en algún momento.

Por lo que respecta a José Luis, a duras penas mantenía el tipo tras cuatro años moviéndose en un submundo del que no siempre supo guardar las distancias. El fácil acceso a la droga y a las mujeres de su entorno empezaba a pasarle factura. El distanciamiento de Clarena lo arrumbó al rincón de los objetos perdidos de suerte que representaba un peligro para sí mismo y para la propia supervivencia del trío.

Era un día soleado de abril. Sobre las cuatro de la tarde, según lo previsto, un Ford Sierra Cosworth 4x4 azul con buen aspecto pese a sus once años de antigüedad dejaba atrás la ciudad de Algeciras y se encaminaba hacia Barcelona con parada en el Motel Don Jamón. Esto suponía un ligero desvío de la ruta más directa, pero en todo caso dividía el trayecto de unas diez horas casi en la mitad. Antes de salir comieron en un bar de carretera tras coger el dinero y la droga que Curro guardaba enterrados en una caja metálica junto al cobertizo de una casa de campo propiedad de un compañero de trabajo que le dejaba como picadero para sus conquistas ocasionales. La casa y lo que debió ser un exiguo jardín presentaban un aspecto bastante descuidado. Desde hacía varios años Curro era el único que la frecuentaba porque su compañero le había puesto el cartel de «se vende», aunque sin éxito hasta el momento. Le vino como fruto de una herencia y él aseguraba que no pisaría el campo hasta que lo asfaltasen.

Curro localizó el Motel Don Jamón cuando pararon casualmente el día en que regresaba desde el aeropuerto de Madrid-Barajas con los entonces desconocidos para él José Luis y Clarena. Ahora le parecía un sitio ideal para pasar desapercibidos y acometer a la mañana siguiente el viaje a Barcelona, adonde debían arribar sobre las dos del mediodía. Llegaron al motel sobre las nueve de la noche y pidieron dos habitaciones, una para los dos varones y otra para Clarena. Ante la malsana curiosidad de Norberto, el extraño recepcionista con pinta de campesino, dijeron que trabajaban para una empresa, con sede en Santander, que vendía consumibles informáticos. Pese a las protestas de los tres huéspedes, Norberto se empeñó en acompañarlos para enseñarles las habitaciones, amuebladas en rústico. Les informó que servirían la cena en media hora y les rogó puntualidad porque solo les acompañarían en el comedor cinco comensales más. Se mostró especialmente solícito con Clarena, a la que miraba con descaro y no cejó en su empeño hasta que consiguió que le dejase cargar con su maleta. Ella se negó a dejarle la bolsa de deporte. Al cabo de un rato coincidieron en el comedor para dar cuenta de una poco digestiva cena al uso manchego en la que no podía faltar la carne de cerdo y el queso regados con vino de la tierra. Las mesas, en las que se imponía un silencio casi monacal, las atendía personalmente Petra, la oronda mujer de Norberto, que derrochaba amabilidad y forzó a los comensales a degustar las natillas de la casa, coronadas por una galleta María. Sobre las once los tres compañeros de viaje estaban en sus habitaciones. José Luis propuso en voz baja a Curro dejar la droga que llevaban en una bolsa de deporte dentro del armario sin más precauciones. Pero este le respondió que se sentía más seguro metiéndola debajo del colchón para evitar la posibilidad de que alguno de los dos tuviese el irresistible impulso de fugarse con la coca. Así que repartieron por el somier las cuatro bolsas de dos kilos cada una.

Entre tanto Clarena optó por aliviar el insufrible calor del páramo manchego con un desnudo integral mientras colocaba su ropa en el armario. Antes de meter allí la bolsa de deporte, decidió inspeccionar el dinero y hacer un rápido recuento de los tacos de billetes. En esas estaba cuando su agudo oído le advirtió que alguien la expiaba al otro lado de la puerta. Hizo como que no se había dado cuenta y se acercó con descuido hasta comprobar que un pirata con pata de palo se alejaba por el pasillo. Inmediatamente se puso una ligera bata roja por encima y lo siguió. Ya alcanzaba Norberto el teléfono cuando una delicada mano femenina lo detuvo. Al volver la cabeza se encontró con una bella mujer muy descotada que le sonreía y le pedía silencio con el dedo índice de su mano libre en los labios. Él la miraba con los ojos desorbitados mientras Clarena lo conducía de la mano hacia el cuarto contiguo que servía de trastero. Cerró la puerta tras él y dejó caer su bata mostrando su cuerpo en todo su esplendor. Luego condujo las manos del boquiabierto recepcionista para que acariciase sus senos hasta provocarle una súbita excitación de la que casi sale trastabillado. A continuación, ella se dejó caer lentamente y le practicó una felación que Norberto no olvidaría jamás. Aún no se había repuesto de su precipitada eyaculación cuando ella le propuso que se sentara.

—Verá, lo que ha expiado tras el ojo de la cerradura no es lo que parece, salvo que estoy rebuena, como puede comprobar. Como también habrá expiado a mis compañeros, habrá comprobado que son narcotraficantes. Y lo peor no es eso, es que también trafican con mujeres.

Esto último lo dijo con un estudiado suspiro final tras el que brotaron unas copiosas lágrimas que acabaron por desarmar aún más a Norberto, si es que eso era posible.

—Dígame lo que puedo hacer por usted.

—Pues te lo voy a explicar. Ah, puedes tutearme, guapetón. Vas a ser mi ángel de la guarda. El dinero que has visto es de esos sinvergüenzas y lo han conseguido prostituyéndome con hombres poderosos y sin escrúpulos. Me vas a ayudar a regresar a mi país en donde fui secuestrada hace ya casi cinco años. Y por eso, y porque te aprecio de veras, te daré la mitad de todo ese dinero.

Ahora el suspiro se transformó en un gemido que provocó el fallido intento de Norberto por acariciarla. Pero ella se retiró a tiempo con disimulo, lo que a punto estuvo de provocar la caída de su admirador, quien fijaba en su memoria cada centímetro cuadrado de aquel cuerpo que permanecía aún desnudo ante él.

— ¡No, por Dios! Yo no quiero nada.

—Habla más bajo. Sí que te lo mereces, pero de momento debes esconder el dinero hasta que salga de la cárcel.

— ¿De la cárcel?

—Debo ir a la cárcel porque si denunciamos a mis captores y yo salgo libre mandarán a un sicario para matarme. He de pactar con la policía mi ingreso en prisión durante un año aproximadamente hasta que se olviden de mí y pueda escapar libremente. A estos canallas les caerán ocho años de prisión como mínimo. ¿Me entiendes?

—Yo no quiero líos.

—A ti no te pasará nada. No debes contar a tu mujer ni a nadie nada de esto. De hecho, no te conviene, ¿verdad, pillín? Mis secuestradores deben creer que me han detenido a mí también como cómplice de ellos. Pero no digas nada del dinero. Nos lo repartiremos cuando salga de prisión. Ya te avisaré.

Una hora después aproximadamente la policía irrumpía en la habitación de Curro y José Luis y los sacaba esposados al pasillo, en donde encontraron a Clarena llorando desconsoladamente también esposada junto a un policía. Poco después otro policía mostraba los paquetes de cocaína a los detenidos. Tras tomarles declaración, el juez envió a la prisión de Ocaña a Curro y a José Luis. A Clarena la mandó al Centro Penitenciario Madrid I para mujeres, en Alcalá de Henares.

UN DÍA DE ABRIL DE 2006

Clarena lucía despampanante en una cafetería del aeropuerto Madrid-Barajas desde donde se dirigía a México para marchar poco después a Estados Unidos como destino final. A punto estuvo de caérsele la taza de café encima cuando vio entrar a un extraño pirata con pata de palo con unas horribles gafas de sol, la camisa hawaiana más hortera nunca vista, un pantalón corto de color amarillo a la altura de las rodillas y unas flamantes deportivas Nike. Llevaba al hombro una bolsa de deporte que a ella le resultó familiar. Clarena no pudo contener una sonora carcajada cuando lo vio acercarse.

—Caramba, Norberto, vaya manera de pasar desapercibido.

—¿Sabes?, me voy contigo. Estoy harto del motel, de mi mujer y de la vida que llevo. Ya no soy tan cazurro, y hasta creo que hacemos buena pareja, si no fuera por esta puñetera pierna ortopédica.

Clarena no pudo reprimir una sonrisa. Pero esta propuesta no entraba en sus planes. Y tenía que pensar rápido.

—Norberto, en efecto eres muy atractivo, y la pata de palo, por llamarla así, te da un toque de distinción. Pero no puedes venir conmigo. Entre otras cosas el avión está a punto de despegar y tú ni siquiera tienes pasaporte. Me voy a Estambul como destino provisional. Además, tu mujer es una excelente persona y te quiere pese a todo. Con la mitad del dinero podéis cerrar el motel y vivir estupendamente. Créeme, no te conviene venir conmigo.

Además de ridículo, Norberto resultaba patético con unas gruesas lágrimas que se le escurrían bajo las gafas de sol. Clarena le besó tímidamente y le pidió la bolsa. A continuación, se dirigió a los servicios y volvió al cabo de un rato con su maleta y la bolsa de deporte.

—Norberto, cariño, vamos a aquella mesa del fondo para que puedas comprobar que te he dejado la mitad del dinero.

— ¿Y cómo pasarás tu parte?

—Tengo un viejo conocido en equipajes. Debes saber que nada sale gratis en este mundo.

Norberto abrió con precaución la bolsa y echó un vistazo a los tacos de billetes bien prietos. Desde luego no era el lugar más apropiado para contar la pasta. Luego miró a Clarena suplicante sin decir nada. Ella le tiró un beso y se dirigió a su puerta de embarque. Él abandonó la cafetería con los ojos llorosos y la bolsa de deporte al hombro. Unas horas después se deshacía de su indumentaria de improvisado turista en una tienda de ropa de Toledo y la sustituía por una vestimenta más acorde con su condición de pirata en tierra. No tardó en comprobar en el probador que solo el billete de arriba y el de abajo de cada taco imitaba a los de curso legal, mientras que el resto eran blancos como la leche y tan falsos como la vida misma.

REMONTANDO EL VUELO[3]

El miedo a la mente en blanco, mucho más nocivo que el tan traído y llevado miedo a la hoja en blanco, es lo que lo atenaza y lo mantiene ausente ante el teclado y la pantalla del ordenador. No consigue hilar dos ideas seguidas mientras vaga por acontecimientos del pasado junto a heridas del presente apenas sobresanadas, todo ello traspasado de imágenes oníricas y delirios que afloran espontáneamente. Se pregunta si la soledad autoimpuesta y el entorno paisajístico que lo rodea lejos de motivarlo ejercen sobre él un efecto sedante y abúlico. El ronroneo de Curro, acurrucado a sus pies, invita más a una siesta, pese a que apenas son las diez de la mañana, que a pelearse con el procesador de textos. ¿Qué texto?, ¿acaso sabe lo que quiere contar y a quién? ¿Y con qué propósito? De momento parece bastarle con contarse a sí mismo por escrito lo que salga a modo de terapia. Esa es la razón última: la imperiosa necesidad de una terapia más allá de los bienintencionados consejos de los amigos, de los tropiezos en las redes sociales, de la práctica compulsiva de deporte, del yoga, de viajes precipitados a veces solo, a veces mal acompañado, y de las infructuosas visitas a psicólogos

---

3.- Los hechos y personajes narrados y descritos en este relato no tienen un correlato real, por lo que son fruto de la calenturienta mente de su autor.

con diagnósticos contradictorios y delirantes. De algún recoveco de su mente viene ahora una propuesta sensata: «apaga el ordenador y date una vuelta por ahí».

«Sería un alivio desconectar mientras uno pasea por el campo», se dice. Pero no encuentra el botón de *off* porque su cerebro tiene un funcionamiento autónomo y con pilas cargadas permanentemente, de suerte que mientras inicia su paseo en suave bajada contempla a su derecha un excepcional mirador y un poco más delante otro a la izquierda. Las Hoces del Duratón cada día le parecen más impactantes. Apenas a un kilómetro de su humilde casa se sienta frente a la ermita de San Frutos. En este pueblecito de su destierro voluntario se localizó en la Edad Media una gran concentración de ermitaños. Él se ve como el último superviviente, salvando las distancias. Nada que ver la austera y escasa vegetación que contempla con la exuberancia de su añorada selva, un bosque denso y húmedo en donde le enseñaron a ver y nombrar hasta siete tonalidades de color verde. Antes solo distinguía verdes claros y verdes oscuros por la ausencia de vegetación del páramo manchego en que se crio. Aquí, el suelo calizo y pobre debido a la localización y al clima apenas si deja sobrevivir a sabinas, enebros, espliegos, aulagas, salvias y matorral de tomillo. Pero en compensación, con levantar la vista puedes ver un águila real, o alimoches, halcones y buitres leonados. Y es que tan solo por observar desde ahí el cañón que forman las Hoces ya merece la pena el paseo diario. Aun así no consigue dejar la mente en blanco, que es justo lo que le llevó a salir por su incapacidad para redactar un solo párrafo. Imágenes y pensamientos invasivos y torturadores le acompañan y solo una buena dosis de sedantes le permite dormir de un tirón durante ocho o diez horas. Y aun así no es raro que despierte sudoroso y maltrecho tras alguna película de terror que su caprichosa mente le ha proyectado durante el sueño en formato de pesadilla. Si al menos consiguiera construir un deslavazado relato solo con los mejores momentos de su vida. ¡Han sido tantos y tan intensos! Necesita esa retroalimentación para seguir en ese viaje a ninguna parte, al menos de momento. En todo caso, mejor eso que el vacío absoluto y desquiciante en el que vive desde hace ya casi dos interminables años. El agua de una charca a la que acude para refrescarse la cara le devuelve una imagen aterradora. ¿Cómo he podido envejecer tanto en tan poco tiempo? ¿Qué ha sido del narciso que me ha acompañado siempre y que ha huido cuando más lo necesitaba?

¡Qué lejos queda aquella añorada infancia en el pueblo! Yo solo tenía cinco años, pero recuerdo que mi padre estaba enloquecido. Por fin un hijo, tras dos hijas a las que adoraba si bien no podrían hacerse cargo de las viñas y cargar con el duro trabajo del campo en aquella España rural de los años sesenta del siglo pasado que pugnaba por salir de la ruina moral y económica durante una interminable posguerra. También mi madre estaba satisfecha tras cumplir con la obligación natural y casi moral de parir un varón, tal y como se entendía el rol de una esposa en aquel contexto. Para mi hermana y para mí era como un juguete que nos hubieran traído los Reyes Magos, aunque pasado de fecha, en el tórrido estío de La Mancha de 1959. Por la casa había un constante ir y venir de familiares, vecinos y conocidos. El muy bandido era guapo hasta dejárselo sobrado ya desde que vino al mundo. Irradiaba un magnetismo casi hipnotizador y estaba destinado a ser el niño mimado de la casa con todas las bondades y también las contraindicaciones de una pedagogía eminentemente femenina. Mi tía Petra, a quien tocaba por riguroso turno ser la madrina, impuso el nombre del bebé pese a las airadas protestas de mi padre. No se llamaría Manuel, como él, sino Fabio. Nunca supimos de dónde sacó aquel nombre nuestra tía, ni si se lo puso porque le gustaba o por fastidiar. Mi hermano resultó singular hasta por su nombre pues no había ningún otro niño ni adulto en el pueblo que se llamara como él. Yo siempre pensé que tuvo suerte, al menos más que mi hermana Francisca y yo, Anastasia, como nuestras abuelas paterna y materna, respectivamente

Mi madre encontró en mi hermana y en mí a dos entregadas niñeras que convertimos a nuestro hermano en un muñeco para nuestros juegos de mamás: lo arrullábamos, lo vestíamos y lo desvestíamos, lo peinábamos y lo despeinábamos, le cantábamos, le susurrábamos, lo paseábamos en un desvencijado carrito de muñecos… Nada más volver de la escuela nos peleábamos por cogerlo y jugar con él. Nos encantaba vestirlo con ropa de muñecas y con ajados vestidos de cuando éramos pequeñas. ¡Era tan tranquilo y tan dulce! Mi padre protestaba de cuando en cuando y advertía a mi madre del peligro de afeminamiento —amariconamiento, decía él— que corría el crío rodeado de chicas. Porque además de nosotras y mi abuela Anastasia, que también había sido abducida por Fabio, nuestras primas solían venir a casa a jugar con nosotras. En fin, no creo que hubiera en el pueblo un niño más acicalado y besuqueado que mi hermanito.

Su primer trauma vino al cumplir cinco años cuando se incorporó a la escuela en un aula solo para niños. Las niñas íbamos a otra escuela porque el régimen político de entonces no admitía aulas mixtas. Mi madre no conseguía quitárselo de encima mientras se aferraba a ella en un inconsolable llanto hasta que la maestra se lo arrebató y le sugirió que se marchara cuanto antes para facilitar las cosas. Tan solo una hora después tuvo que regresar para llevárselo a casa porque parecía ahogarse en su propio llanto de suerte que hasta la maestra se asustó y, contra su costumbre, decidió retornar a Fabio al regazo materno. Su incorporación e integración en el entorno escolar fue gradual y durante la primera semana la maestra permitió a mi madre quedarse hasta el recreo para ver si durante el mismo era capaz de jugar con los demás niños, que lo miraban con recelo por la singularidad del trato recibido. Pero ni siquiera en el recreo empatizaba con ningún otro niño; además los más traviesos se burlaban de él y le llamaban «Niñata», en parte por sus rasgos afeminados, en parte por un modo de vestir más propio de una niña, del que éramos responsables mi hermana y yo. Tuvo que transcurrir casi un mes hasta que pudo quedarse solo y sin un gemido durante toda la jornada escolar, por entonces únicamente interrumpida por el mediodía, entre la una y las tres. La maestra mitigaba como podía el acoso al que lo sometían otros niños, lo que aumentó la perjudicial sobreprotección que llevaba de casa. Durante el recreo rehuía los juegos de fuerza y de reto y acabó encontrando en Antonio un amigo de confidencias y en cierto modo una alternativa a su natural ensimismamiento. Era este un año mayor que él, un tanto amanerado, pero con más temple y capaz de hacer cara a los líderes avasalladores del grupo.

Todos los sábados, en que solo había clase por la mañana, venía a la escuela don León, el párroco del pueblo que convertía la clase de religión en una catequesis de difícil digestión por la machacona reiteración de la parte del catecismo que tocaba memorizar ese día y repetir sin omitir ni una sola coma.

Todo parece indicar que en esas sesiones doctrinales estaba el germen del primer empleo de mi hermano: monaguillo. Yo me inclino a pensar que era don León quien fichaba para ese cometido a los chavales que creía más idóneos.

Había que verlo el día de su primera comunión con su traje de marinero y una melenita de un resplandeciente rubio platino que le cubría las orejas. Parecía un querubín agarrando un asa de una cesta llena de pétalos de flores rojas. Del otro extremo cogía nuestra vecinita Ángela, quien a tan tierna edad lo veía como un príncipe azul sacado de un cuento de hadas. El recorrido en torno a la plaza, cuya comitiva cerraba don León con la custodia, solo se vio empañado por los gritos de algunos chavales envidiosos que le gritaban «¡Niñata, niñata!». Pero con diez años parecía haber asumido con resignación los insultos, de suerte que ya se veía destinado a una vida marcada por la fe, la devoción y quizá el martirio. Sin duda, nuestro párroco tuvo mucho que ver en esa creciente vocación que en agosto de ese mismo año —1969— le llevaría al cursillo de ingreso en el Seminario Diocesano de la capital.

Nuestro padre nunca acabó de asumir que su único hijo varón fuera negado para las tareas del campo. Y le avergonzaba la socarronería con la que solían aludir algunos paisanos al amaneramiento del chaval. Ahora veía perdida toda esperanza de tener un sucesor en el duro quehacer de las faenas agrícolas. Mi madre, en cambio, se sentía emocionada con la idea de tener en casa un seminarista y, quién sabe, quizá el primer sacerdote de una familia no muy pía hasta entonces. Tanto Antonio como Ángela, que se hacía la encontradiza con Fabio desde hacía un tiempo, vieron cómo se alejaba de sus vidas un amigo, o tal vez algo más que eso, cada uno a su manera y con sentimientos encontrados.

Señor, si tan grave es lo que he hecho, ¿cómo es que no he sido consciente de ello en ningún momento? ¿Solo la jerarquía está en posesión de la verdad? Nos llevó siglos de sesudos debates entender lo que dijiste a Caín, padre de todos los humanos. No diste descendencia al bueno de Abel porque en el fondo querías más al retador, al que se rebela, al que cae y se levanta, al que mira de frente al futuro. ¿No es así? Por eso lo castigaste severamente. *Timshel*, «tú podrás». Cómo me ha ayudado en mis peores momentos la lectura y relectura de ese gran libro de J. Steinbeck: *Al este del Edén*. Nos diste la facultad de poder vencer al pecado, y yo siempre salí victorioso y fortalecido de mis caídas y recaídas. Tras cada tropiezo me he levantado y he renacido de mis propias cenizas, como el ave Fénix, como un valiente Caín. Siempre comprometido, siempre entregado a los demás y, por qué no, a quien me amaba desde el lado más salvajemente humano. He sido un amador en lo profesional y en lo personal. No sé hacer otra cosa. Y, sin embargo, soy un ángel caído; no, peor aún, un ángel derribado por los celos de uno y la intolerancia de quienes debían dar la cara por mí en lugar de esperar a que me trague la tierra y deje de ser un molesto grano en su gordo y mullido culo. Y pensar que han transigido durante décadas con la pederastia instalada en casa y hasta la han tapado con falsas monedas. Pero no, aún me queda algo de arrojo, el suficiente para no caer en la tentación de Judas, tu amado discípulo, el elegido para tu gran designio. Si hubiera esperado un poco, tres días tan solo, habría comprobado que tú podías, tú pudiste vencer al pecado y resucitar. Él estaba convencido de que te bajarías de la cruz y dejarías a todos boquiabiertos. Pero solo alcanzó a ver a un hombre vejado y muerto junto a unos ladrones. Y se sintió engañado, humillado porque su papel de villano para cumplir tu ambicioso plan no había servido para nada. Y acabó con su vida. Bien sabes que he estado cerca de hacer lo mismo más de una vez; sin embargo, ahora atisbo un poco de luz. Voy a volver al refugio, me voy a cuidar, voy a escribir y voy a tratar de olvidar las afrentas de tantos fariseos y falsos aduladores hasta recomponer las piezas de esta cabeza loca que solo se centra cuando encara la bondad y la entrega. ¡*Timshel, timshel!*

Rogó a su amiga Paula que no dijera a nadie que se alojaba en la pequeña casa que sus padres le dejaron en el pueblo y que no ha reformado porque hace años que no va por allí. Quiere meditar y no atenderá ni siquiera el teléfono, al que no ha recargado la batería. Solo sale para comprar las pocas cosas que necesita porque lleva una vida espartana y rehúye hábilmente las preguntas de los vecinos, unos veinte, que intentan averiguar quién es, de dónde viene y qué relación le une a Paula, que curiosamente no le acompaña. Un viejo transistor le mantiene informado de las noticias, cada vez más reiterativas y aburridas, sobre todo en materia política. No tiene televisor ni le interesa en absoluto, ni por supuesto conexión a internet. De regreso a casa le espera Curro, su inseparable amigo desde hace cinco años, un gordo gato persa, blanco y negro, de casi siete kilos, regalo de una feligresa. Han transcurrido dos horas desde que salió.

¿Dónde se habrá metido? Dos meses sin dar señales de vida. ¿No habrá hecho una locura? De vuelta del monasterio trapense estaba hecho unos zorros. Recuerdo sus palabras: «Pepe, lo que debía ser una terapia, en opinión del vicario, ha sido una insufrible tortura». Allí enviaría yo al obispo y a todo su séquito a purgar sus pecados. ¿Acaso no es suficiente con apartarlo de su parroquia, en donde siguen reclamándolo? ¿No entienden que todo el mundo comprende las flaquezas humanas menos ellos? Siguen tirando piedras, siguen mirando la paja en ojo ajeno. El propio Jesús los echaría de sus templos, de sus casas parroquiales, del obispado, de sus cátedras, de sus togas, de sus capelos, de la vicaría, como hizo con aquellos mercaderes.

Todavía recuerdo cómo se retiró a un rincón de la entrada del seminario cuando sus padres y sus hermanas se marcharon y lo dejaron en aquel ya lejano verano. Casi todos los demás niños se refugiaron en el grupo de desconocidos, pero yo seguí a Fabio porque lloraba desconsoladamente. En cierto modo, era una manera de consolarme a mí mismo, pues era también la primera vez que salía de mi pueblo, como el resto de niños que acabaríamos siendo como hermanos, al menos los seleccionados para iniciar el primer curso en aquel enorme y triste edificio. Me empujó suavemente y me pidió que lo dejara solo y cuando poco después los curas nos reunieron en una amplia aula para darnos la bienvenida y parte de las muchas normas que allí debíamos cumplir, me senté a su lado. Aún recuerdo su sonrisa que me cautivó y me convirtió en uno de sus mejores amigos, cuando no en el primero, con permiso de su adorado Antonio que suspiraba por él en su pueblo natal. Jamás pensé que podría desfallecer ante un infortunio a medida que lo fui conociendo y comprobando cómo maduraba. Bien es cierto que tampoco imaginé jamás que su Dios lo sometería a una prueba tan cruel como la que le amarga cada segundo desde aquel aciago momento. Desde el principio parecía convencido de su destino, mientras que la mayoría nos debatíamos en un mar de contradicciones entre lo que nos decían nuestros formadores y lo que nos dictaban nuestros propios instintos y pensamientos. Para la mayoría la Biblia resultó ser una pantalla infranqueable una vez pasada la adolescencia y sus efluvios. Y sorprendentemente también para él. No podía dar crédito cuando con diecisiete años casi recién cumplidos y tras horas y meses de confidencias me comunicó su decisión de dejar el seminario. Pero realmente no fue la Biblia, sino la particular interpretación que de ella se hacía y el *modus vivendi* que se derivaba de tan singular exégesis. Sin duda influyó lo suyo en que la mayoría de aquellos ya jóvenes hermanos nos marcháramos del redil el propio ambiente de cambio que impregnaba el día a día el país tras la reciente muerte de Franco y la ansiada transformación que conduciría a una larga, para muchos casi interminable, transición política. Necesitamos una transformación social, política, de higiene mental y, sobre todo, un chute vital lejos de aquellas asfixiantes paredes y lo que representaban. Yo comuniqué al formador mucho antes que Fabio mi decisión de marcharme y cursar los estudios de Magisterio.

Fueron años inolvidables. Todavía hoy los recuerdo como algo fundamentalmente positivo, una vez hecha la criba y el balance de lo vivido, sentido y soñado en aquel entorno hermético pero que a la vez te hacía madurar rápidamente por la propia disciplina imperante allí, por la necesidad de salir adelante y por la sana convivencia entre iguales. El modelo pedagógico era cuestionable, sin duda, aunque como maestro ya casi jubilado puedo afirmar que no hay un modelo idóneo. Como ocurre con los modelos estadísticos, todos fallan, y aquel se salvaba porque a largo plazo los resultados probaban que eran más los aciertos que los fallos. Los muchachos salidos del seminario acabamos siendo buenas personas en el sentido más literal del término. Y Fabio lo sique siendo y yo lucharé hasta la extenuación por que salga del atolladero.

Visto en la distancia, no sé discernir con claridad si los roces, juegos inocentes y hasta los bailes clandestinos eran algo natural y propio de un internado en que las únicas chicas eran las de la limpieza y las monjas que atendían el comedor, o si, por el contrario, había algo más. Desde luego, Fabio era el más solicitado como pareja de baile, y he de confesar sin rubor que en mi primera pieza agarrado con él a los acordes de *Delilah* sentí por primera vez lo que no experimentaría hasta cinco años después con la que fue compañera de carrera primero, y mi mujer unos años más tarde, al son de The Moody Blues y sus *Nights in White Satin* en una oscura discoteca de Ciudad Real. La cultura judeocristiana ha tejido un tupido velo en torno a los sentimientos y los instintos básicos de suerte que hubo que esperar a finales de los setenta y más lejos aún para asistir a una explosión liberadora, al menos en materia de libertad sexual, no siempre bien entendida. A algunos nos llegaba quizá un poco tarde, víctimas de fantasmas aún no espantados definitivamente. Otros sucumbieron al irresistible encanto del amor libre, el alcohol, las drogas y las malas compañías. Y acabaron mal, pero que muy mal.

Fabio también se matriculó en Magisterio, tras dar muchas vueltas a sus planes más inmediatos. Y antes de acabar la carrera habíamos hecho lo que se esperaba de dos exseminaristas: intimar con dos compañeras de clase con las que pensábamos formar una sólida familia, con hijos, naturalmente. Amanda tenía la certeza de haber conquistado al chico más guapo de la clase, sin lugar a dudas. No tengo tan claro qué vio Alicia en mí, acaso al empollón que sacaría plaza en la primera oposición. El asegurarse el futuro no era una cuestión menor con una carrera que arrojaba un saldo muy alto de parados que acabarían trabajando en cualquier sitio. La mayoría de nuestras compañeras de clase, que representaban el setenta por ciento del alumnado, estaban destinadas a ser amas de casa.

La complicidad que nos unía a Fabio y a mí contagió también a nuestras parejas y formamos un cuarteto inseparable. Hasta compartimos piso en unos tiempos en que no era frecuente que chicos y chicas vivieran bajo el mismo techo en pisos de alquiler. En capitales de provincia la transición se ralentizaba por momentos. Y como futuros maestros estábamos poco menos que excomulgados en una Escuela Universitaria regida fundamentalmente por curas y teresianas, que velaban, como no podía ser de otro modo, por formar docentes que guiaran a los niños y niñas por la recta senda de la ortodoxia, que no era otra que la del añorado nacionalcatolicismo. Aún tengo grabada a fuego la cara de desmayo de Amanda cuando Fabio le comunicó sin previo aviso y en presencia de Alicia y de mí su intención de volver al seminario y ser sacerdote.

—¿Sabes, Curro?, creo que voy a escribir un rato. A veces pienso que eres el único capaz de entenderme en este trance, o eso es lo que quiero entender cuando me miras con las pupilas dilatadas. Sí, sí, ya sé que no es eso, que lo que quieres es comer, o salir por ahí a buscar quién sabe qué compañías. No quisiera ofenderte, pero la bola de sebo en que te has convertido no te facilitará las relaciones. Es un poco lo que me pasa a mí, aunque por otras razones.

Lo primero que me viene a la cabeza es mi estancia en América. Tras mi reingreso en el seminario, en otro seminario para espantar fantasmas del pasado, tenía claro que debía poner tierra de por medio y marchar a América una vez ordenado presbítero. Era como cumplir con el sueño infantil de ser misionero. ¡Es tanto lo que se puede hacer allí!, lejos de la figura del sacerdote acomodado tan frecuente en España, la más de las veces aburguesado y con horario de oficina. Eso no iba conmigo. El sacerdocio es entrega, sacrificio, darse a los demás, a los más necesitados. Eso es lo que hizo Jesús, ¿no? En el obispado me proporcionaron los contactos necesarios y mi opción desde el minuto uno fue trabajar con comunidades indígenas de la Amazonía de la Selva Baja peruana: los nahua, los nanti, los cashibo-cacataibo y los matsigenkas, asfixiados por la codicia insaciable del mal llamado primer mundo. Lo imaginaba como un viaje al pasado cuando los misioneros acompañaban a los conquistadores. Siempre he tenido ese punto un tanto ingenuo e intrépido a la vez. Sabía, lógicamente, de la salvaje deforestación de la Amazonía y de cómo esta estaba acabando con las pocas comunidades indígenas que quedaban y que querían mantener su hábitat y su modo de vida. Pero al igual que entonces no pudieron hacer frente con sus flechas a los caballos y a las armas de los españoles, ahora las máquinas talaban sus árboles y les obligaban a retroceder en un camino sin retorno. Ya no creían en los políticos, ni en sus ancestrales dioses que los habían abandonado, ni el Dios de los conquistadores de entonces y de ahora. Y yo me aparecía como mediador entre ese Dios y ellos mismos. *La tarjeta de presentación no era desde luego la más indicada.*

Me llevó mucho tiempo convencerlos de que solo buscaba ayudarles, y tuve que hacerlo con hechos y no con sermones. Pese a la dificultad para moverse y comunicarse en aquellas zonas remotas, conseguía algunas medicinas, herramientas que facilitaban sus tareas, productos básicos para la higiene y el aseo personal y ayudaba como podía en sus quehaceres para que me vieran como uno de ellos más allá del hechicero moderno conectado con la divinidad por internet. Solo así podía ser creíble el Evangelio, con obras. Y ellos me contagiaron su naturalidad, su comunión con el entorno, su respeto a los animales, a las plantas, su entrega a la comunidad. No se avergonzaban de ir semidesnudos porque fuimos nosotros los que nos empeñamos en que taparan sus cuerpos por nuestra manera sucia y lasciva de mirar. Yo mismo me fui despojando de ropas inapropiadas para allí y me bastaba con unas botas que sujetaban fuertemente los tobillos y un pantalón corto. Un crucifijo era mi amuleto. Solo así, cuando vieron que no iba a cambiar cristales por oro, que no quería aprovecharme de ellos, empezaron a preguntarme qué me había llevado allí, por qué no optaba por una parroquia en una ciudad, de dónde venía esa fuerza que transmitía y esa determinación con que afrontaba cualquier situación. Y yo señalaba mi amuleto y lo que representaba. Y entendieron que el Dios que acompañó a Cortés, a Pizarro y a tantos conquistadores también tenía una cara amable y se preocupaba por los desheredados. Más difícil de explicar es por qué ese Dios no hacía estallar esas enormes máquinas que devoraban su selva.

En realidad fui yo quien aprendió de ellos, de su bondad natural, de su falta de prejuicios. La estricta moral católica no había calado en sus corazones pese a los cinco siglos de machacona prédica. Como yo mismo me veía como una víctima de esa intransigencia, no me costó ver con naturalidad comportamientos que a la luz del catecismo había que calificar de pecaminosos. Me quedaban demasiado lejos los jerarcas, de los que disentía cada vez más. No sentí remordimiento alguno cuando me enamoré hasta las trancas de Jhon. ¡Vaya nombrecito para un indígena! Sí, ahí empezó mi liberación, mi humanización, mi comunión con el mundo. Así es como empecé a ser un sacerdote en toda su extensión, y no un inseguro pelele místico. Solo quien ha necesitado tanto tiempo y esfuerzo para completar su metamorfosis puede entenderlo. ¿Por qué habrá tantos capullos que no quieren convertirse en mariposas?

—¿Qué miras, Curro? Ah, ya, es la hora de comer. No perdonas, bribón.

Pobre, Amanda. Cómo entender ese desplante. ¿Era Dios quien le había ganado la partida o es que como mujer no era lo suficientemente apetecible? Pero los chicos de clase la miraban con verdadero descaro y envidiaban y odiaban por igual a su guapo novio, aunque no es menos cierto que su relación con Fabio no fue nada pasional, sino que semejaba a esos amores platónicos que les explicaban en clase de literatura. Por otro lado, Alicia y yo también parecíamos unos muy buenos amigos más que una pareja de novios urgidos por la libido. Unas y otros pensábamos que la transición política acababa de empezar y la liberación sexual requería un tiempo, máxime en dos jóvenes faltos de mundo, sin experiencia en el trato con chicas y que durante demasiado tiempo asumieron el celibato con cierta naturalidad, a lo que hay que añadir el concepto de suciedad y pecado en que insistía la doctrina al respecto y que podía conducir a una castración mental o a un exagerado onanismo. Ya que Fabio decidió cortar por lo sano, Alicia y yo dedicamos muchas horas a hablar con Amanda hasta convencerla, o eso creímos, de que él era víctima de su propia empanada mental y ella había sido una lamentable víctima colateral. Lo cierto es que nunca le perdonó que la hubiera utilizado, sobre todo cuando supo lo que casi siempre había sospechado: que Fabio era homosexual.

Recuerdo cómo me hablaba de su aventura en América, de su integración con los nativos y de Jhon, sí, de Jhon. No voy a ocultar que me escandalicé, cuando ya me creía curado de prejuicios y capaz de entender conductas muy alejadas de mi aparente vida normal de maestro casado, con plaza y con una preciosa hija. Pero Fabio hablaba con tal pasión, con tanta verdad que no podía ser sino una explosión de vitalidad, de amor y de entrega cuanto hacía. Yo estaba convencido de que Jesús tenía sobradas razones para haberlo elegido como discípulo suyo. En cualquier caso, como buen confidente, me guardaba solo para mí el contenido de sus extensas cartas. Por eso no entiendo que haya desaparecido sin decirme nada. Hasta sus padres y hermanas me llaman por si sé algo de él. ¡Vaya, el teléfono!

—Soy Paula. Fabio me va a matar, pero estoy preocupada por él. Me rogó que no dijera a nadie que se alojaba en mi casa de Villaseca. Recuerda que hace ya algunos años estuviste allí, en verano, que es cuando se anima el pueblo y llega a los trescientos habitantes. Quería meditar y sedimentar cuanto le ha torturado desde hace tiempo. Pero le vi muy alterado y débil. Sé por una amiga que hace algunas compras durante la semana y tiene mejor aspecto que el que yo le describí. Pero aun así creo que deberías hablar con él. Eres el único capaz de hacerle entrar en razón.

—Gracias por llamar. Yo también estoy preocupado, aunque no sé si estoy para infundir optimismo a alguien. Supongo que te habrás enterado de mi divorcio. Aunque hace ya casi un año, lo cierto es que aún no lo he digerido pese a que Alicia y yo optamos por lo que hipócritamente llamamos divorcio civilizado. Han sido demasiados años de desencuentros, de reproches, de perder las formas… Pero, en fin, nunca es tarde si la dicha es buena, si bien de momento no soy nada dichoso. Perdona por soltar todo esto, supongo que sale solo por falta de vida social. Volviendo al tema de tu llamada, la desdicha de Fabio me ha sacado de mi ensimismamiento y me hará bien darle un abrazo y charlar con él. Creo que me sigue considerando su hermano mayor. No te preocupes, esta misma tarde me presentaré allí.

—Bueno, gordo, voy a seguir escribiendo ahora que estoy en racha. No sabes cómo te envidio, no haces más que comer y dormir. Bueno, y algo más, te he visto con una amiguita muy atrevida que salta la tapia. Y yo que creía que ya estabas retirado. ¿Sabes?, por momentos parece que estos parajes me renuevan las fuerzas y no haría ascos a un atrevido senderista que saltara la tapia. ¿Qué te parece, Curro? Bueno, ¿por dónde iba? Ah, ya.

El primer amor es tan fuerte que te ofusca. ¡Pobre Amanda! Ella no fue mi primer amor, pero yo no tuve valor para explicarle que por momentos me veía como padre de familia, con hijos, aunque mis instintos decían otra cosa. Mi cabeza por entonces iba a mil por hora y ella no podía entenderlo. O quizá sí, era tan inteligente, tan dulce, tan guapa, tan comprensiva. Ojalá y algún día me perdone. Lo de Jhon fue otra cosa. Fue un flechazo en toda regla, como cabía esperar de un avezado cazador nativo, un bello nahua. Para él era algo natural porque cinco siglos de intolerante moral católica no lograron erradicar el pecado nefando del que hablaban los cronistas de Indias y que tanto preocupaba a los castos misioneros. Tampoco la que ya era su prometida por acuerdo entre las familias veía mal que yaciera conmigo de cuando en cuando. Fueron momentos inolvidables de un amor puro, al menos para mí. Hoy pienso que para él fue un juego sin más. Sea como fuere, tras atenuar el fuego tantos años prendido y reprimido entendí que aquello debía terminar por mi propio bien y seguramente por el bien de Jhon y de la comunidad. Mi misión en la Amazonía había sido muy gratificante y considero honestamente que útil para las comunidades a las que me entregué y a las que transmití, o intenté transmitir, una visión renovada del Evangelio y con toda seguridad herética a los ojos del Vaticano. Pero desde la selva no se veía la plaza de San Pedro, afortunadamente.

Y quién lo iba a decir, del Amazonas a Marbella, ahí es nada. Ese fue el destino que me asignó el obispado vaya usted a saber con qué criterio. Una ciudad frecuentada por guiris británicos, un pueblo cuyos ascendentes figuran entre quienes han perpetrado las mayores masacres de indios sin lugar a dudas. Y eso que los españoles fuimos quienes empezamos en el Caribe. Yo fui con toda mi determinación a dejar mi impronta en la parroquia, tan moribunda como el viejo párroco a quien sustituía, don Pablo. Y a fe que lo conseguí, sin afán por ponerme medallas: a la iglesia acudían jóvenes y no tan jóvenes que seguían con interés mis homilías; a la catequesis, en la que contaba con una legión de jóvenes que me ayudaban, acudían los niños y sus padres; di un impulso a Cáritas que permitió atender a los más necesitados gracias a la generosidad de muchas familias que conseguí comprometer; mis clases de religión en el Instituto eran de las más concurridas... En fin, no sé cómo daba tanto de sí. Aún conservo las felicitaciones del obispo que consideraba mi parroquia y mi propia gestión ejemplar. ¡Ejemplar! Y cómo ha cambiado el cuento.

Allí, como en todas partes, hay hombres atractivos, de una insultante belleza, y yo sucumbía con relativa facilidad, si bien ya había aprendido a guardar las distancias y las formas. Sé que mis feligreses lo sabían y me lo perdonaban, y seguro que lo sabían los jerarcas de Málaga con sus infalibles redes de información. Pero jamás me llamaron a capítulo, sorprendentemente. Lo de Daniel fue diferente, era irresistible, dominante, voluptuoso, absorbente. Y celoso, sobre todo celoso. Un cóctel que no supe analizar y que a la postre me explotó en las narices. ¡Me hace tanto daño solo recordarlo!

—Curro, tú sigue durmiendo, yo voy a leer un rato. Gordo, ¿por qué te despiertas? ¿Qué pasa? Vaya, viene alguien… ¿Y a ti quién te ha invitado? Pensaba que Paula era más discreta.

—Está preocupada por ti, como todos. Con tu rol de víctima te crees el centro del mundo. Va siendo hora de que te bajes del pedestal y afrontes la realidad.

—Pepe, no te quedes ahí como un pasmarote y pasa. Ah, te presento a Curro, mi inseparable amigo. Lamento no poder ofrecerte una cerveza, no ando muy bien de liquidez y vivo casi como un eremita, salvando las distancias. Necesitaba este retiro para pensar y me ha venido muy bien. Ya sé lo que haré. Hay en Madrid un colectivo de exsacerdotes; bueno, sacerdotes secularizados mejor dicho, que trabajan duro con colectivos marginados: drogadictos, desahuciados, pobres de solemnidad, inmigrantes sin papeles y un largo etcétera. Se consideran sacerdotes, y lo son de hecho diga lo que diga el Vaticano. Los hay casados y con hijos, y aun así sacan tiempo para los demás. Además de predicar con el ejemplo, dicen misa y administran los sacramentos. En fin, como puedes suponer estaré en mi ambiente, más o menos.

—No sabes cómo me alegra. Tu futuro pinta mejor que el mío. Yo me divorcié hace casi un año tras un fracaso matrimonial que tocó fondo hace años. A veces pienso que mi matrimonio fue una impostura, como tu relación con Amanda, ¿recuerdas? Ahora vivo en Madrid, al menos hasta que me jubile.

—Me dolió cuando supe de tu ruptura con Alicia. Parecíais la pareja ideal. Pero no estaba yo como para dar consejos. Desde el obispado me fulminaron sin piedad. El enviarme a San Pedro de Cerdeña con los monjes de la Orden Cisterciense de la Estrecha Observancia fue el epílogo de toda una serie de reuniones humillantes como no se veía desde los oscuros tiempos de la Inquisición. Y tan estrecha la orden, ¡cómo minaron mi amor propio hasta hundirme! Nadie, ni siquiera tú, ni mi familia sabéis lo que he sufrido y lo cerca que he estado del suicidio. Menos mal que yo sí que esperé tres días, y más, no como el pobre Judas. Y he podido, sí, ahora puedo decirlo.

—No entendí cómo no te diste cuenta de que Daniel grababa vuestros encuentros.

—No quedábamos en mi casa, como puedes suponer. Y no cabía en mi cabeza que fuera capaz de hacer algo así. Cuando le dije que debíamos dejarlo se puso muy violento y comenzó con amenazas. Pero lo de grabar y, sobre todo, repartir copias en la misma puerta de la iglesia, y enviar una copia a la televisión local… En fin, una canallada.

—Bueno, la televisión se negó a emitir la grabación. Y los medios, en general, te trataron bastante bien. Y la ciudad para qué decir. Todos estaban, estábamos, contigo.

—Todos no. Ellos tiraron por tierra toda una vida de entrega a los demás. Me hicieron sentir culpable. Y solo hace poco he ido recomponiendo el puzle y he comenzado a escribir. Sabes que tengo cierta habilidad para la narración. Te voy a enseñar lo que he escrito hoy

—¿Sabes lo que vas a hacer con esos folios? Tirarlos a la papelera. Mañana mismo nos marchamos a Madrid. Hasta que te acomodes puedes vivir en mi piso.

—Ya salió el gran hermano. Pero no te hagas ilusiones, no eres mi tipo.

—Y encima chulito. Pues tú no estás en tu mejor momento.

—¿Sabes?, solo tengo una cama. Tendrás que dormir conmigo o con Curro.

—Déjame pensarlo. ¿Qué dirá tu querido obispo si se entera?

—Le diré que dormí con mi ángel de la guarda.

La sapiens, el neandertal y el ciborcán

A modo de homenaje a Yubal Noah Harari

AÑO 2050

—Insisto, Mary, en que es absolutamente imprescindible que asuma la importancia transcendental del paso que va a dar. Se lo repito por enésima vez: hemos conseguido completar la secuenciación del Genoma Neandertal. Y usted ha sido la elegida para culminar un proyecto que ha costado una millonada. Va a ser madre del primer neandertal que nacerá tras su remota extinción. Su óvulo, fecundado con éxito, será trasplantado a un vientre de alquiler. La mujer elegida desconoce, naturalmente, su procedencia y no verá al bebé jamás, ni siquiera al nacer. Y usted renuncia expresamente a cualquier derecho como madre biológica.

—Doctor Church, llevo casi un año preparándome para esto. No solo he sido la escogida entre cientos de candidatas de todo el mundo por scr la idónea desde el punto de vista tanto biológico como mental, sino que también he superado con éxito una planificación exhaustiva a cargo de su equipo de la Universidad de Harvard. Soy consciente de que el nacimiento de ese bebé será un hito histórico y va a marcar un antes y un después en la investigación genética.

VEINTICINCO AÑOS DESPUÉS

Mary Curie es una joven de cincuenta y dos años, ingeniera de ciborgs en la Escuela de Ingeniería y Ciencia Aplicada de la Universidad de California en Los Ángeles (UCLA). Es caucásica, con un porcentaje de pureza racial de un 96,23% según el patrón del prestigioso Departamento de Genética de la Universidad de Harvard. Mide un metro ochenta y dos y tiene un cuerpo escultural de una insultante perfección. Su abundante vellosidad facial y corporal la corrigió definitivamente hace más de veinte años con costosos tratamientos dermatológicos. Tiene el pelo castaño, los pómulos ligeramente sobresalientes, el ángulo nasal recto y los labios finos, como puñales. Sus ojos color miel producen un efecto hipnotizador a quien intenta aguantar su mirada durante más de tres segundos.

En cuanto a Adam Primus, así bautizado por el doctor J. F. Church y su equipo cuando fue alumbrado, es un neandertal atípico de cuyo padre, que vivió hace unos cuarenta milenios, se conserva parte del cráneo, el coxis y un fémur. Su reconstrucción a tamaño real se exhibe en el Museo Americano de Historia Natural de Nueva York y es la viva imagen del neandertal que traían los ya olvidados libros de texto. Adam es más alto que su padre, mide un metro ochenta, de complexión fuerte, piel de color más claro que la de su progenitor y con bastante vellosidad que no ha sido posible erradicar del todo. Tiene el cráneo grande y cubierto de un espeso pelo negro, con frente algo huidiza, unos marcados arcos superciliares, bajo los que se parapetan unos ojos marrones grandes, y un mentón casi inapreciable. Destacan también sus labios gruesos como antesala de una dentadura capaz de triturar huesos como si de golosinas se tratase. Con diez años parecía un simio sacado de alguna antigua película de Hollywood, y todavía hoy camina con un cierto bamboleo que lo retrotrae a los albores del bipedismo. Durante sus primeros veinte años ha sido estudiado meticulosamente por psicólogos, pedagogos, antropólogos, biólogos, genetistas, lingüistas y un largo etcétera de científicos de todo el mundo. Lleva implantados cientos de microchips que transmiten información constantemente de cualquier reacción, intención, movimiento, sensación, infección, ensoñación o la más mínima modificación que se produzca en su mente o en cualquier parte de su fornido cuerpo. Su vida no difería mucho de la de los monos torturados durante décadas en los laboratorios. Sin embargo, en cuanto a su capacidad para aprender, los resultados son exiguos. Por lo que respecta a la adquisición del lenguaje verbal, pasó de emitir extraños gruñidos a la articulación de unas cincuenta palabras inconexas e ininteligibles. Consigue manifestar sus necesidades más perentorias mediante el SSI (Sistema de Signos Internacional), y aun así lo hace con una singular y exagerada gesticulación.

Mary siguió en la distancia y con relativa indiferencia el llamado caso Adam a través de la prensa y las revistas científicas. Por lo que respecta a su vida personal más allá de la universidad no ha mantenido relaciones duraderas con ninguno de los hombres con los que ha compartido su vida desde aquel amor adolescente con Albert Chasky, aún hoy su mejor amigo. Por ahora, prefiere disfrutar su casi eterna juventud, derivada de los espectaculares avances en investigación biónica, en una soltería sin compromisos de pareja ni nada parecido. Tiene una ajetreada vida social que compagina con interminables charlas y debates con su colega e inseparable amiga Jane Amazoni. Ni siquiera ella, tan amante de la innovación científica como su amiga y colega, ha conseguido que preste especial atención al caso Adam, aunque solo sea para reclamar ante el CEIIC (Comité de Ética Independiente en Investigación Científica, fundado ya hace sesenta y siete años) un trato humano para su hijo, y alejado definitivamente de la amenaza de los insaciables científicos.

Pero a veces el destino procura imprevistos, como el que les acaeció a ellas hace poco más de un año en un viaje a Nueva York cuando asistían a un congreso sobre ciborgs organizado por la Universidad de Columbia. Jane insistió a Mary en que debían ir al Museo Americano de Historia Natural porque quería hacerle una foto con su «antiguo novio», como ella lo llamaba irónicamente. Finalmente aceptó y no pudieron reprimir una sonora carcajada cuando vieron el resultado. «¿Sabes?, no queda nada mal como foto de boda, o mejor aún de familia si incorporamos la del "niño"».

Salían bromeando del museo cuando vieron con estupor cómo dos policías intentaban apartar a un extraño individuo que quería devorar el cadáver de un perro extraviado al que acababa de atropellar un coche.

—Mary, ¿es quien yo creo?

—Sí, es él. Por favor —dijo a los policías—, llamen a este número de teléfono, el doctor Church se hará cargo de este hombre. Yo llamaré al Pure Paws Veterinay para que recojan al perro.

Se trata de un precioso gran danés negro azabache con la cabeza y la cola destrozadas por el golpe y con múltiples contusiones. Pero su vida no corre peligro si se le interviene pronto en una buena clínica veterinaria. Mary ve en este accidente la posibilidad de incorporar este perro al programa

Skeletor e implantarle una cabeza biónica y un rabo que obedezca a las sensaciones transmitidas por una inteligencia artificial. Tan pronto como consiguieron estabilizarlo y tras varios días de observación, ella consiguió que fuera llevado en un vuelo privado a su departamento en UCLA para proceder al complejo experimento. No fue nada fácil convencer al director del programa, pero finalmente este accedió y tras varios meses de duro trabajo Sky —así decidieron llamarlo— se convirtió en el primer cibercán de la historia.

De apariencia relativamente normal, basta un bostezo para ahuyentar a cualquier ser vivo que contemple su enorme boca que simula una compleja y amenazante caja de herramientas. Al cabo de cuatro meses de múltiples intervenciones quirúrgicas mueve el rabo como reacción a un estudiado silbido de Mary, quien se ha convertido en su inseparable madre adoptiva y responsable del seguimiento científico de sus reacciones y comportamiento.

En cuanto a Adam, la presión del CEIIC ha obligado al equipo del Dr. Church a buscarle una familia de adopción con el propósito de intentar su más que improbable inserción social. Todos coincidieron en que Mary es la persona más adecuada, no tanto por su condición de madre biológica, cuanto por su preparación y conocimiento del caso. Jamás pensó que su insaciable curiosidad científica la llevaría a formar la más extraña familia nunca antes vista desde la aparición de la vida sobre la Tierra. Su propósito es desactivar los microchips a medida que la conducta de Adam se vaya ajustando a un proceso de sintonización adecuado con el entorno natural y social. La universidad le facilitó el traslado a una casa en Los Feliz & Silver Lake ubicada entre el área de Hollywood y el río Los Ángeles, un distrito residencial, tranquilo y muy verde del Parque Elysian y el Parque Griffit, uno de los más grandes del país dentro de un área urbana. Alguna ventaja había de tener el asumir tan grandes responsabilidades. Los gastos de alquiler y mantenimiento corren a cargo de su departamento de investigación.

A tan solo quince minutos en coche dispone de una frondosa y amplia arboleda protegida y de acceso restringido en donde desactiva los inhibidores de conducta de Adam y Sky y durante casi una hora los deja campar a sus anchas, aunque observando en sendos monitores lo que hacen por si caso. Adam coge su mochila y sale corriendo en busca de bayas, frutas silvestres, cucarachas, huevos de aves y algún pájaro caído prematuramente del nido, entre otros manjares que componen su copiosa merienda. En cuanto a Sky, se dedica básicamente a ejercitar su potente mordida, tres veces superior a la de una hiena, destrozando ramas secas, pequeñas piedras, piñas, conchas de caracol y hasta algún llavero extraviado. Por lo demás, su dieta es la normal de un perro de su raza y tamaño. Pasado el tiempo de vida libre y desinhibida, Mary reprograma a sus inseparables acompañantes en el modo «vuelta al hogar». El cuidado y estudio meticuloso de su nueva familia le absorbe todo el tiempo libre que le deja su trabajo en la universidad. Apenas hace vida social y solo Jane y Albert la ayudan durante estos primeros meses. Este último se ha convertido en un prestigioso antropólogo y lingüista. Se propuso alfabetizar a Adam, algo que nadie ha conseguido hasta ahora. De hecho, su lenguaje verbal sigue siendo tan limitado como siempre: varias decenas de palabras mal pronunciadas y carentes de la necesaria trabazón sintáctica que hace inteligibles a duras penas al acompañarlas de un precario lenguaje de signos, o gestos desmesurados, para ser más explícitos.

Tras arduas cavilaciones, A. Chusky inició sus primeras clases con Adam mediante una estudiada colección de pictogramas, ante la absoluta indiferencia de su pupilo, que se entretenía haciendo garabatos sobre un enorme lienzo. Unos días después del inicio de las clases, a la vuelta del trabajo Mary se encontró las paredes de su habitación pintadas con lo que parecían escenas de caza hechas a brochazo limpio. Lo curioso es que en alguna de esas pinturas se adivinaba un mamut, de la que Adam supuestamente no debía tener imagen alguna. También fracasó Albert en su intento de que aprendiera los entresijos de la escritura cuneiforme, los jeroglíficos egipcios y otras formas pretéritas de escritura. Lo de llegar al estadio alfabético le pareció una quimera.

Jane se interesa especialmente por la inteligencia emocional y todo cuanto ha de caracterizar a Adam como un ser humano, meta aún lejana si por humanos entendemos a los coetáneos.

—Mary, ¿qué habéis averiguado de su conducta sexual?

—Que de no ser por los inhibidores de la libido se tiraría a cualquier mujer que se le ponga a tiro.

— ¿A ti también?

—No te quepa la menor duda. En otro orden de cosas, los informes al respecto aseguran que es estéril, aunque yo tengo serias dudas.

—No me negarás que tiene un *sex appeal* irresistible.

—Te puedo asegurar que se lo han tirado casi todas las científicas que lo han estudiado y muchas de mis compañeras y amigas.

—¿Y…?

—Es un animal, como puedes ver. Pero aseguran que es muy excitante. Vamos, una experiencia inolvidable.

—¡Hum…! Ya casi no me acuerdo de la última vez. Por mi…

26 DE NOVIEMBRE DE 2076

—Albert, Jane, gracias por venir en este día de Acción de Gracias. Me encuentro tan sola con estos, con… bueno, a veces me desborda el trabajo y creo que es cuestión de tiempo que entregue a los dos a la Universidad para que ellos dispongan. Me pregunto qué pensarían mis padres si aún vivieran del nieto que tanto desearon tener, por no hablar de la mascota que me he procurado. A veces pienso que el ser hija única me indujo a tener un hijo con todo lo que ello me ha acarreado. Apenas si puedo salir, aquí no puedo traer a nadie, no veo progresos en su conducta… Bueno, la verdad es que Sky está más cerca de parecer un perro que Adam de asemejarse a un humano de hoy. Pero lo rechazan todos los perros, incluso las hembras, a pesar de que puede aparearse sin problema alguno. Y tiene un olfato afinadísimo.

—Cuenta con nosotros. Jane y yo seguiremos apoyándote. Debes aguantar un poco más.

Mary encargó un pavo asado relleno. Ella ha hecho la salsa de arándano, unos platillos con el maíz como ingrediente principal y el pastel de calabaza. Adam prefiere el pavo crudo sin aliño alguno. Y Sky se entretendrá triturando los huesos.

—Voy a liberarlos de los inhibidores de conducta en esta noche tan familiar. Por lo que respecta a Sky doy por sentado que destrozará a dentelladas varias sillas, algún sofá y quizá varias puertas. En cuanto a Adam, es un tanto imprevisible. ¿Verdad, pequeño?

—¡Grrr!

—Así me gusta. Y ahora a brindar por un futuro dichoso para todos nosotros.

—Mary, ¿has visto cómo te mira Adam? —dice Jane.

—Sabéis que a vosotros no os oculto nada. Yo no lo veo como a un hijo, sino como una especie de extraterrestre adoptado. Eso sí, muy bien dotado según se mire. Llevo una vida solitaria y deprimente, como sabéis. En fin… que hace algún tiempo decidí darme un homenaje del que tanto hablan mis amigas y, bueno…, que ocurrió lo que tenía que ocurrir.

—¡Cuenta, cuenta! —dicen los dos.

—Pues que me empotró contra una pared de la cocina. Por Dios, creía que me mataba el muy bestia. Pero he ido perfeccionando el programa específico y como que va aprendiendo, ¿entendéis?... Y si os he reunido en esta noche tan especial, aparte de que sois mis únicos y auténticos amigos, es porque tengo que daros una noticia de alcance. ¡Estoy embarazada!

—¡Supongo que abortarás! —exclama Albert.

—Veréis, le he dado muchas vueltas y como me pierde la curiosidad científica me apetece dar a luz a una criatura que es hija de su hermano y cuyo abuelo paterno vivió hace unos cuarenta mil años. Y yo seré a la vez su madre y su abuela. En fin, creo que se me está subiendo a la cabeza este vino carísimo que habéis traído. Imaginaos, nosotros viviremos unos doscientos años, pero es que esta criatura probablemente será inmortal.

—¡*Oh my Good*, que al menos sea niña, o algo parecido!

Sapiens II

7 de octubre de 2077, 9:46 PM
(Hospital Good Samaritan, Los Ángeles)

—¡Rápido, rápido! Lleven a esta mujer al paritorio.

La Dra. Kathie Stephens se hizo cargo del parto que resultó complicado por la negativa de la madre primeriza —una saludable y lozana mujer de cincuenta y cuatro años— a que le practicaran la cesárea trascurridas más de tres horas desde que rompió aguas en casa. Su íntima amiga, que vino veinte minutos después de recibir la llamada urgente, le insistió en que debían ir al hospital inmediatamente. Pero ella era partidaria de dar a luz en casa del modo más natural posible. Tampoco aceptó en su momento las recomendaciones de sus amigos de buscar un vientre de alquiler. Tras más de dos horas de sufrimiento para las dos, Jane decidió llamar a un amigo después de convencerla de que peligraba su vida y la del bebé. Tan pronto como Albert llegó, y dadas las circunstancias, recomendó llamar a una ambulancia, pero no había tiempo que perder y optó por hacerse cargo de la situación. Hacía años que no se oían gritos en el paritorio del hospital porque ya ninguna mujer decidía parir con dolor, desafiando así la maldición bíblica.

Regina Hernández y José Francisco González forman un matrimonio de origen mejicano que llegaron hace ya treinta años con apenas diez cumplidos para rejuvenecer a una envejecida sociedad estadounidense pese a los avances en genética, a los que solo tenían acceso un pequeño porcentaje de privilegiados. Los niños parecían una especie en vías de extinción, lo que propició políticas de acogida de inmigrantes con importantes ayudas para quienes tuviesen hijos. Tanto Regina como José Francisco procedían de familias numerosas que aspiraban a mejorar en Estados Unidos sus precarias condiciones de vida. Como venía ocurriendo desde los duros tiempos de los espalda mojada, y aún antes, su vida no sería nada fácil en el que otrora fuera el país de las oportunidades. Tras una más que precaria escolarización y con apenas quince años cumplidos sus respectivas familias los pusieron a trabajar en empresas de limpieza y jardinería, en la hostelería, en el cuidado de ancianos, en reparto a domicilio de comida rápida, de paquetería… En fin, tareas de un mercado negro que pagaba tarde y mal y sin garantías legales de ningún tipo. Y fue en una de esas empresas en la que se conocieron y se enamoraron. Llevan casados doce años y sus intentos por tener hijos han sido fallidos hasta ahora. Son una pareja que mantienen unos inconfundibles rasgos mayas: baja estatura (uno sesenta él y uno cincuenta ella), frente huidiza, ojos almendrados y pómulos prominentes. José Francisco es de origen tzotzil (palabra de origen maya que significa «hombre murciélago»), y Regina de origen tzeltal, procedentes ambas del estado de Chiapas. Pese a la diversidad de etnias de origen maya, este matrimonio tiene unos patrones genéticos que parecen haber cambiado poco desde que sus ancestros se establecieran en la Península de Yucatán en la edad del hielo (del 10.000 al 12.000 AC). El primer corredor libre de hielo al sur de Alaska apareció por entonces, lo que propició la entrada de aquellos humanos procedentes de Siberia. Hace unos cinco mil años llegaron los paleoesquimales, también de origen siberiano. Todos ellos dejaron en su descendencia un patrón genético de origen asiático.

Los González intentan edulcorar de algún modo su marginación y las dificultades del día a día en una ciudad como Los Ángeles mediante prácticas de sincretismo religioso que mezcla ritos ancestrales con creencias cristianas católicas. Lo único que leen, dada su escasa formación, son las ofertas de empleo para ver si pueden mejorar su situación actual al servicio de una empresa de limpieza que los explota a cambio de un salario de subsistencia. En cuanto al plano doméstico, ya cuarentones parecen resignados a una envarada vida en pareja y sin niños, por alguna extraña maldición que no aciertan a conjurar.

Mary ha quedado exhausta tras dar a luz a una niña de cuatro kilos doscientos, morena, con abundante pelo y que mira con descaro a la enfermera que la deja en sus brazos tras lavarla. Apenas si puede sostenerla en alto mientras sonríe y llora gozosa al ver esos enormes ojos negros que la miran fijamente como si la reconociera. La deja sobre su pecho y la niña se yergue para acariciarle la cara y palparla.

—¿Puedo darle de mamar?

—Si te encuentras con fuerzas, es lo mejor que puedes hacer ahora. Os dejamos solas —responde la enfermera.

Mary no tiene experiencia, pero no parece normal la voracidad con que mama esta recién nacida. Tras un cuarto de hora pasando de un pecho a otro sin tregua, Mary cree que Lilit —nombre demoníaco donde los haya, si bien a su madre es el primero que se le ha venido a la mente y le suena bien—podría comerse un postre sin pestañear. «Pequeña, según veo, vas a necesitar algo más que leche materna desde ya mismo. ¡Es una lástima que aquí no tengan hamburguesas!».

Ya en su habitación, Jane sugiere a Mary traer a Adam para que vea a la niña. «Pues la verdad es que no me parece una idea descabellada. Somos una familia y además debemos parecerlo. Me han dicho que si todo va bien en dos días estaré en casa. Y no pienso estar aquí más tiempo del necesario porque están tan sorprendidos como yo con este bebé que parece que va a saltar de la cuna de un momento a otro. Conviene que no hagan averiguaciones, ya sabes. Trae mañana al padre de la criatura; eso sí, debidamente programado en modo visita. Las batas blancas le ponen especialmente».

Ahora que Jane se ocupa de Adam y de Sky comprende la dura tarea que asumió su amiga cuando decidió hacerse cargo de los dos. Había no obstante algunos progresos y una relativa adaptación debido a que no era necesario recurrir constantemente a inhibidores de conducta en los paseos por jardines y lugares concurridos, como el que realizaban en estos momentos a media mañana horas antes de la visita al hospital. Bien es verdad que ella se veía sucumbir más pronto que tarde a la tentación de desactivar en privado el inhibidor de la libido de Adam para ver qué pasaba. Hasta le seducía la idea de dar un medio hermano o hermana a Lilit y ampliar de este modo una familia cuyos ancestros se retrotraían a la noche de los tiempos y ahora aportaban un renovado potencial genético a unos humanos que parecían haber delegado en los nuevos ingenios hasta sus deseos, sus sensaciones y su propia identidad. Sky, por su parte, se apareó en un descuido con una hembra de pastor alemán a la que no pudo controlar la anciana que cuidaba de ella en un parque. Ante las airadas protestas de esta y la amenaza de denuncia, Jane consiguió tranquilizarla al explicarle que pese a su aspecto, era un perro con un pedigrí acreditado y del que cabía esperar unos cachorros de primera, que ella misma se comprometía a acoger llegado el caso. La señora le pidió su número de teléfono y una fotografía del que calificó como «extraño macho», y que Jane envió a su teléfono móvil al instante.

Albert no estaba muy convencido de la visita al hospital con un padre y una mascota poco previsibles a pesar de los incipientes progresos en materia de socialización que parecían constatados. Por otra parte era bastante improbable que pudieran bajar a la recién nacida a un patio interior en donde él esperaría con Sky. Jane, por su parte, se preocupó de que tanto el perro como Adam presentaran un aspecto impecable, sin escatimar en detalles, como el ramo de rosas rojas que el padre de la criatura entregaría a Mary. Adam lucía particularmente en esta singular ocasión: muy bien despeinado con un abundante pelo negro azabache enredado que le cubría hasta la mitad de las orejas, tez morena de un brillo natural impactante y una postura erguida a requerimiento constante de Jane para evitar su tendencia natural a dejar caer los hombros. Su complexión atlética se desdibujaba un tanto en movimiento con ese balanceo atávico con el que caminaba. En cuanto a su vestimenta, de una elegancia informal, era más propia de primavera que de este fresco día de otoño. Costaba horrores que se vistiera porque hubiera salido completamente desnudo en el más crudo invierno. Parecía inmune al frío de modo que la delicada camisa de seda rosa palo que lucía hoy unas horas después tendría marcas de sudor en los sobacos. Cubría su fornido torso una fina chaqueta de lino color ocre anaranjado. Un ajustado pantalón color caqui y un cinturón y unos zapatos de piel marrón claro completaban su indumentaria. En cuanto a Sky, un amplio bozal de cuero ocultaba su amenazadora boca. Costó acostumbrarlo a cambio de unas piezas de lego que debían darle cada media hora para que se entretuviera triturándolas hasta hacerlas añicos. Jane y Albert vestían sus mejores galas para tan singular ocasión. Aún no habían informado a los amigos del nacimiento de Lilit.

El matrimonio González ha cambiado de empresa y ahora forman parte de un ejército de trabajadores uniformados que se encargan de la limpieza de los ciento sesenta y siete edificios de UCLA. Tienen un largo desplazamiento desde su casa al centro de Los Ángeles, al área residencial de Westwood en donde se ubica el campus de la universidad. Ellos se ocupan de momento de la limpieza del edificio en donde se encuentra la Escuela de Ingeniería y Ciencia Aplicada. Están contentos porque su situación laboral ha mejorado tanto en lo relativo al trato como a los ingresos en relación con su anterior empresa. Conscientes de que se mueven entre sabios, al menos así lo entienden ellos, a veces preguntan con cierta ingenuidad al personal de administración y servicios si en la universidad podrían conseguir que Regina quede embarazada y cumplir su sueño de ser padres. Allí todo el mundo conoce el caso de Adam y lo que ello supone para los avances en genética aplicada a humanos. Por eso recomiendan a los González que hablen con su madre tan pronto como se reincorpore al trabajo.

Mary esperaba impaciente la visita de su familia. Albert quedó abajo con Sky en un pequeño jardín interior mientras Jane y Adam subían por las escaleras porque ella no sabía cómo reaccionaría este último al verse encerrado en el ascensor. Le pidió que cogiera el ramo de rosas con un poco más de garbo pues parecía como si llevara una lechuga para la ensalada. Nada más entrar en la habitación quedó paralizado al ver a Mary con la niña en brazos. Sus pupilas se dilataron y sus ojos brillaban con una intensidad que dejó a la madre boquiabierta. Él estaba como petrificado, de suerte que el ramo de rosas cayó al suelo. Parecía como si todos hubieran convenido un *maniquí challenge* detenido en un rotundo a la par que elocuente silencio. Era conmovedor observar la ternura con que miraba a la recién nacida. De pronto comenzó a caminar muy despacio con las manos extendidas hacia Mary. Ella dudó en dejar a la niña en unas manos enormes y por experiencia propia poco diestras en caricias y sutilezas. Pero al ver cómo la niña también extendió sus brazos hacia él, no tuvo más remedio que dejársela. La cogió con delicadeza y la acercó a su cara con una tierna sonrisa. Ella también le sonreía y toqueteaba su cara con sus manos como queriendo reconocer sus facciones. Era evidente la atracción de la sangre que palpitaba en el ambiente. Jane y Mary se miraban con elocuente complicidad. De pronto, Adam dio media vuelta y salió con la niña hacia el pasillo en dirección a las escaleras. Mary gritó a Jane que lo siguiera y esta bajó tras él. Al llegar al jardín interior del hospital Adam se detuvo y llamó a Sky con una especie de gruñido. Este acudió solícito y alzó sus manos entre suaves aullidos en un intento por lamer a Lilit, quien agitaba sus manos hasta tocar el hocico del perro que las lamía enloquecido una vez liberado del molesto bozal.

Para Albert y Jane era la escena más conmovedora que habían visto hasta entonces. Ella subió a tranquilizar a Mary e intentar describirle la escena que acababa de contemplar.

De vuelta a casa, Mary decidió pedir tres meses de excedencia en el trabajo para ocuparse de la niña y reponerse ella misma. Preguntó si conocían a alguien que pudiera echarle una mano en casa ahora que se le acumulaba el trabajo. Le hablaron de un matrimonio de origen mejicano que se ocupaba de la limpieza del edificio y que por otra parte buscaban asesoramiento para intentar tener hijos dado que hasta ahora nos les había sido posible. Pidió que la llamaran por teléfono para concertar una entrevista. Mientras tanto, Jane se instaló en la casa para ayudar en lo que podía con la niña, Sky y Adam en un paciente e interminable intento por su adaptación a un mundo que le resultaba muy distante.

Albert ayudaba con las compras y sacaba a Sky y a Adam a dar una vuelta siempre que podía para liberar a Jane de sus tareas en casa de Mary. Esta última se sentía absorbida, maravillosamente succionada por Lilit y la vitalidad extraordinaria y agotadora que exhibía. Al cabo de unos días recibió la llamada de los González y concertó una entrevista con ellos.

Se cumplían quince días del nacimiento del bebé cuando a eso de las 8:00 PM llamaron a la puerta de la casa de Mary. Eran Regina y José Francisco, que sacaron su mejor vestuario para la ocasión, en especial ella, que lucía un elegante huipil de algodón tejido por ella misma y adornado con motivos folclóricos. Cubría su torso con un magnífico *quechquemitl*, en este caso regalo de bodas de su madre; y calzaba unas sandalias huaraches. Él cubría su musculado torso con una camisa blanca impecablemente planchada, chaqueta negra, con los bajos y las bocamangas un tanto fatigados; pantalón de pana negro y unos zapatos igualmente negros pacientemente lustrados. Mary salió a recibirlos y les pidió que entraran. Estaba la familia al completo, en modo reposo, salvo la niña que farfullaba y gritaba en un ajetreo constante y reclamando toda la atención de los presentes. Les pidió que se sentaran en el sofá que había justo enfrente de donde lo hacía la familia, incluido Sky, que descansaba a los pies del canasto de la menina. El cuadro no tenía desperdicio.

José Francisco explicó que su trabajo actual era compatible con atender en días alternos y durante 4 o 5 horas las necesidades de la casa ya que su mujer y él mismo podían cambiar turnos entre ellos y con otros trabajadores. Hablaba cabizbajo porque le intimidaba la mirada amenazante de Sky, así lo interpretó él, máxime cuando bostezó y contempló la impecable trituradora que conformaba su cavidad bucal. Por lo que respecta a Regina, aguantaba la mirada a Adam, quien la escaneaba fijamente en modo desinhibido. Cuando terminó su marido ella tomó la palabra para refrendar la disponibilidad de la que acababa de hablar y manifestar su preocupación por no tener descendencia. Mary entendió que eran las personas adecuadas para ayudarle en días alternos durante 4 horas en tareas domésticas y para sacar a pasear a Adam y a Sky. Ante el temor que despertó en ellos esta última tarea, les informó que no se preocuparan porque durante dos o tres días saldrían con ella y verían que no era un problema, aparte de que siempre podrían recurrir al inhibidor llegado el caso. Por lo que respecta a lo de la descendencia, cuando volviera ella al trabajo haría las pruebas y análisis necesarios para ver qué se podía hacer. Pero lo que más le interesaba era el cuidado de Lilit, a la que definió como un poco revoltosilla.

Regina se quedó con los ojos a cuadros cuando su madre la sacó del canasto y les dijo que tenía solo quince días. Reparó en la mirada hechizadora, como la de su padre. Ya les habían informado en el trabajo del modo en que fue concebida.

El apoyo de los González dio un respiro a Mary y a Jane, y en cierto modo a Albert, que echaba también una mano de cuando en cuando. Por fin podían salir de compras, de paseo, de cines, quedar con amigos, hacer deporte… En fin, lo que ellos entendían como una vida normal. Hasta invitaba a casa a amigos y conocidos en un intento por presentar a su familia en sociedad y facilitar la integración social tanto humana como canina. José Francisco y Regina descubrieron al cabo de unos días que Adam y Sky no eran tan fieros como parecían y disfrutaban sacándolos a espacios abiertos y con los controladores a mano por si acaso. A ella le insistió Mary en lo del inhibidor de la libido porque Adam tenía especialmente acentuado el instinto de procrear y ante eso no había hembra que se le resistiera ni a la que él hiciera ascos. En otro orden de cosas, Mary asumió en privado la tarea de estudiar la aparente esterilidad del matrimonio. Descubrió incompatibilidad entre ellos, y algo particularmente sorprendente: Regina tenía un 5% de ADN denisovano. De modo que su casa era un punto de encuentro de especies. El instinto maternal inclinaba a la mejicana a ocuparse preferentemente de Lilit, pese a que demandaba una constante atención por su energía, su voracidad insaciable y sobre todo su peso, que hacía agotador el tenerla en brazos durante un rato. Su madre vigilaba atentamente para evitar que el cuidado y atención de la niña se ajustase a las pautas marcadas por ella. Los compañeros de juego preferidos por la niña eran Adam y Sky, y ella a su vez era el mejor juguete para ellos, bueno para él era mucho más que un juguete a juzgar por su comportamiento para con la niña, algo que no pasa desapercibido a Mary.

Habían transcurrido dos meses escasamente desde su contratación por parte de Mary cuando Regina le comentó que desde hacía unos días no se encontraba bien. La sintomatología le resultaba familiar, pero decidió hacer una sencilla comprobación. Al día siguiente tenía los resultados.

—¿Sabe?, sus problemas con el embarazo parecen haberse resuelto como por una suerte de magia —le dijo con palpable ironía—. Está usted embarazada.

Regina no cabía en sí misma de gozo. Por fin los González serían padres; bueno, al menos ella. Parecía envuelta en un aura mitad mística mitad fungible.

—Verá, señora, se me olvidó decirle que no me manejo bien con los chismes modernos. Nunca controlé del todo el inhibidor de la libido de Adam. Pero, ojo, ¡no le reprocho nada! Creo que obraba según su naturaleza.

SOLILOQUIO

Creo que fue hace unos días, o igual hace más tiempo, no sé, esta puñetera cabeza me juega malas pasadas. Igual piensan mis hijos que como tengo vacíos en la mente, unido a la pérdida de vista y oído, entre otras carencias, están afectados también los sentimientos. Y se equivocan, aunque desgraciadamente cuando lo entiendan ya no estaré aquí porque ellos serán tan mayores como yo. No les deseo que experimenten los desgarros del alma que provoca la soledad, máxime cuando te ves rodeado de aquellos por quienes has dado tanto, hasta acabar convirtiéndote en un juguete roto para los nietos y algo aún peor para tus hijos, un estorbo. Te preguntas cómo he llegado aquí, a lo que ellos mismos te responderían con mal tono, como casi siempre, que muy despacio, ya que hace tiempo, no sé cuánto realmente, que cumplí los noventa. Desde entonces, y tras una inoportuna rotura de cadera con algunas complicaciones más, me convertí en una persona dependiente. Te lo puedo decir con total claridad: es lo peor que te puede pasar, porque en ese momento dejas de ser persona para convertirte en dependiente. Y tienes la sensación de que todo ha ocurrido muy deprisa. Me gustaría explicar desde mi experiencia lo que siento a quien encuentre estas deshilvanadas ideas si es que antes no caen en manos de mis captores, lo que me supondría una regañina más —qué importa—, y lo que es peor, su destrucción ante mis propias marices, que aún crecen.

¿Y qué es lo que iba a decir? Porque como lo deje aquí, seguro que no me acordaré cuando vuelva a escribir. Solo lo hago cuando sé que estarán fuera cuatro o cinco horas por lo menos y siempre que yo tenga ánimos y alguna lucidez, pues la mayor parte del tiempo estoy sumido en un estado de semiinconsciencia, en parte por culpa de los medicamentos y en parte porque prefiero recordar e imaginar cosas a vivir con total clarividencia el duro y lento paso del tiempo. En fin, no sé qué iba a decir, entretanto voy a otra cosa.

Debe hacer unos diez años que murió mi mujer, o quizá más, y no pasa un solo día en que no la eche de menos pese a que la mayor parte del tiempo lo pasábamos discutiendo por nimiedades. Pero ante las adversidades, y las había de todos los colores, nos refugiábamos el uno en el otro: problemas de y con los hijos, con los nietos; la dificultad para mantener la casa en perfectas condiciones, como siempre nos gustó; los problemas de salud que nos iban volviendo más lentos, impacientes e irascibles… En fin, el haber llegado hasta ahí nos parecía un regalo a veces, y un regalo envenenado otras muchas. A pesar de todo, más de medio siglo juntos nos hizo fuertes y podíamos con casi todo, o eso pensábamos. Yo siempre creí que moriría antes porque ella era más fuerte y tenaz. Por eso nunca pensé qué sería de mí si quedaba viudo puesto que no contemplaba esa posibilidad. Pero ocurrió, y de la peor manera. Al principio eran pequeños despistes, olvidos sin consecuencias, confusión de nombres, hasta los de los nietos y cosas así. Pero no tardó mucho tiempo en manifestarse la gravedad de su enfermedad: cruzaba la calle sin mirar, dejaba el horno de la cocina encendido con comida a punto de echar a arder, grifos abiertos tras salir del cuarto de baño, cocinaba platos de siempre pero con ingredientes que no correspondían o sin el punto adecuado de cocción… En fin, tuve que informar a los hijos de mi dificultad para controlar todo eso. La llevamos al hospital y el diagnóstico fue desolador: Alzhéimer, y con sintomatología de evolución muy rápida. Desde hace varios años, no sé cuántos, yo tengo aquellos primeros síntomas que observé en Paula, mi mujer. Pero el médico intentó consolarme diciendo que lo mío era solo demencia senil. Solo le faltó decir que debía estar contento. Prefiero no pensar en los dos años o algo más que duró la paulatina caída de mi mujer en un pozo sin fondo hasta perder la noción de sí misma y de todo y todos cuantos la rodeábamos. Para mí fue un palo del que no he llegado a reponerme del todo nunca. A su muerte decidí valerme solo, con la ayuda de una mujer que venía dos días en semana a arreglar la casa. Mis dos hijos, y sobre todo mis nueras, elogiaron tan sabia decisión.

Aparte de Paula, a quien más echaba de menos era a mis nietos, Raúl y Sofía, de cinco y tres años respectivamente. Mis hijos venían los domingos a comer a casa y yo me divertía con los críos mientras sus padres quedaban con amigos para pasar la tarde. Mi pasión por la lectura me hacía leerles cuentos y que ellos mismos los manoseasen en la pequeña biblioteca infantil que fui ampliando poco a poco. Me costaba que mantuviesen la atención porque sus padres no seguían esta labor pese a que yo les recomendaba la lectura como diversión y formación a la vez. Pero me reprochaban mi insistencia en la que consideraban una manía de tantas. Quizá porque siempre tuve un punto infantiloide, quizá porque los mayores nos parecemos cada vez más a los niños que fuimos, o porque siempre empaticé bien con los pequeños, lo cierto es que deseaba que llegara el domingo para pasar la tarde con mis nietos. Tras una breve lectura jugábamos y a veces acababa la casa patas arriba. En fin, veo tan lejanos y nublados aquellos tiempos…

Se me olvidó decir, y no es una nimiedad, que disfrutaba de una buena pensión y suficientes ahorros como para vivir relativamente bien. Pero no tardé en cansarme de viajar y de apuntarme a las múltiples actividades que el ayuntamiento y otras instituciones organizaban para las personas mayores. No veía razón para cambiar mis hábitos de siempre: leer, escuchar música, pasear, ir al cine y quedar con mis amigos alguna tarde para tomar algo y charlar un rato. Éramos cinco, luego cuatro hasta que quedamos solo dos, Pedro y yo. Y desde hace un tiempo, no sé cuánto, solo yo. Los libros fueron mis mejores amigos siempre, y con ellos sigo porque en un momento dado se convirtieron en mi refugio ante la soledad acechante y cruel. Y lo peor estaba por venir, la rotura de cadera junto a algunos problemas cardiovasculares que complicaron la intervención. La rehabilitación fue muy dura y no tardé en darme cuenta de que no volvería a caminar. Una silla de ruedas motorizada me daba autonomía para desplazarme, pero necesitaba una persona para que me atendiera en casa, aparte de la visita obligada del fisioterapeuta. Mis dos hijos cubren por turnos las horas de ausencia de la mujer que cuida de mí, y lo hacen de mala gana y sin disimulo. De mis nueras mejor no hablar, hasta dilatan las visitas de mis nietos con el argumento de que mi desvarío puede ser nocivo para ellos. Entre luces y sombras, en la difícil línea que separa el sueño de la vigilia experimento la dura sensación de no ser más que un objeto para ellos y, sobre todo, un estorbo. No sé si piensan que no oigo bien, o sencillamente les trae sin cuidado que escuche los comentarios que hacen y lo bueno que sería para todos, especialmente para mí, que me marche de este mundo. Antonia, que hasta la desgraciada caída tenía un trato exquisito conmigo, a raíz de mi invalidez y la consiguiente supuesta pérdida de consciencia, descuida mi higiene y me da de comer con insultos y algún que otro manotazo. Mientras no pase a más aguantaré, y luego ya veremos. Una atención supuestamente especializada va mermando mis ahorros, lo que ha llevado a mis hijos a echar cuentas sobre la conveniencia de meterme en una residencia de ancianos. En cuanto a mis nueras, cuando vienen me ignoran deliberadamente y hablan de todo y de todos como si yo estuviera en Babia. Todos creen que estoy ausente, e ignoran que lo hago aposta. Lo sé todo de todos, y te aseguro que da para una novela de enredo. Es mi baza, yo acabaré en una residencia o no sé dónde, pero mi diario secreto les estallará en las narices y espero vivir para verlo, porque yo no quiero morirme ni de coña.

Y este es el mensaje que lanzo a quienes estáis o acabéis estando en mi situación. Siempre es posible asirse a un hilo de esperanza, en mi caso es la recomendación de mi admirado Gabriel García Márquez: vivir para contarla.

LA VENTANA DISCRETA

A medida que fue gestándose este texto me vino como por encanto un título que podía convenirle: la cuadratura del círculo. Pero aun sin apreciar la complejidad del enunciado, me parecía demasiado obvio incluso para neófitos en geometría que no ven más allá de su rechoncha o puntiaguda nariz. Creo entender que la idea se gestó por la distorsión óptica que produce la visión a través de una ventana durante semanas, con el agravante de intermitentes procesos febriles y en la más cruel de las soledades. Al cabo de unos días esos cuatro edificios que ves al otro lado de la calle los vas descomponiendo en piezas que admiten infinidad de disecciones, traslaciones, rotaciones… hasta producir espejismos que rompen el tiempo y el espacio y te sumen en un vacío de alienante irrealidad o realidad vivida, o soñada, o por venir. La historia se repite una vez más, la alegoría de la caverna: ¿de qué lado de la ventana está la verdad?, ¿dónde están las sombras y dónde las luces?

El amanecer parece traer la normalidad, de no ser porque el tráfico se ha reducido al máximo y solo pasa de tarde en tarde una ambulancia, un coche de policía, un camión de reparto de alimentos o algún coche particular autorizado por ser uno de esos ciudadanos que el estado considera necesarios, ya que los demás somos contingentes, como diría el llorado José Luis Cuerda. Y tan contingentes, hemos superado la barrera de los 1000 muertos según datos oficiales, y subiendo. Quinto día de confinamiento: las siete de la mañana y tengo treinta y ocho de fiebre, toca tomar otra pastilla de paracetamol. Y el obligado, que no deseado desayuno porque he perdido el olfato y el gusto, aparte del apetito. Pero algo hay que comer, tanto da pues me sabe igual todo, es decir, no me sabe. Voy a tomar un zumo de naranja, un vaso de leche y unas galletas que dejó mi hija y que nunca me gustaron, ahora tampoco; pero no menos que la tostada con aceite arbequina con la que suelo desayunar habitualmente. Es tiempo de ahorro, lo dicen nuestros mal llamados dirigentes a juzgar por el modo en que gestionan esta dantesca pandemia. Parece que empiezo a espabilarme lentamente y tengo el encuadre habitual: en la parte inferior del cuadrado el final de la rampa de salida del garaje, el seto y la acera. A continuación, la ronda con dos carriles para cada sentido. Y al otro lado un mínimo jardín con seto, cinco acacias viejas que comienzan a verdecer y algunos árboles jóvenes plantados más recientemente y que amarillean reclamando la atención de los jardineros municipales ocupados ahora con la desinfección de espacios públicos. Detrás y a la izquierda, un edificio de cuatro plantas, como todos los demás, que cierra la visión por ese margen. Al fondo otro más pequeño con unas horribles persianas metálicas que cubren toda la fachada. Junto a él, hacia mi derecha hay un edificio oficial ahora cerrado y de una factura de mal gusto. Casi de frente veo otro terminado de construir hace apenas dos años y que aloja a parejas jóvenes, algunas con hijos. Y cierra mi visión por la derecha una edificación de parecida hechura a la de la margen izquierda. Solo veo ahora un poco de cielo nublado por encima de los bloques de viviendas. Al menos por ahí parece haber una escapada al infinito; sin embargo, el dintel de la ventana cierra el plano y pone coto a esa tentadora sensación. Entre el edificio de enfrente y el de la derecha hay un callejón sin salida con coches aparcados a ambos lados. Esta es la estampa que veo desde la ventana de mi estudio en el que paso catorce o quince horas diarias con la compañía del ordenador, de algunos libros que saqué de la biblioteca pública hace unas semanas y un transistor para oír música y de cuando en cuando noticias poco o nada alentadoras pese a los esfuerzos de los responsables políticos por enmascarar la cruel realidad. Ah, llevo a medias varias series televisivas.

Séptimo día de confinamiento: seis de la mañana y treinta y siete de fiebre, más paracetamol. El registro de tomas de temperatura evidencia una mejoría notable en los dos últimos días. De hecho, acabo de asomarme a la terraza y me he sumado al aplauso solidario a sanitarios, policías y cuantos velan por nuestra salud jugándose el tipo en hospitales, en la calle, en los supermercados, en la recogida de basura y en tantos servicios que ahora vemos imprescindibles. Acompaño el aplauso con un improvisado baile al son del himno popular de la pandemia: *Resistiré 2020*, la remozada canción del Dúo Dinámico que suena todos los días a las siete en Cadena 100 y que pongo a todo volumen, como otros vecinos de este y del otro lado de la calle. Nos saludamos tan pronto como nos dejamos ver en las terrazas o simplemente a través de una ventana. Todos esperamos ese momento que nos hace sentirnos como pertenecientes a un grupo que lucha contra su extinción. Justo enfrente unos padres muy jóvenes salen a la terraza con sus hijos, un niño y una niña de tres y cinco años de edad aproximadamente a los que su padre levanta alternativamente por encima de su cabeza cada vez que suena el estribillo, «resistiré». Son la atracción del improvisado espectáculo que cada día nos da un subidón a quienes compartimos esos casi cinco minutos que dura la canción. Los aplausos adquieren especial intensidad cuando pasa algún coche de policía o de bomberos. Y tras el momento solidario, vuelta a la rutina.

He recuperado el gusto y el escaso olfato que me quedó tras varias décadas de fumar en exceso. También voy recuperando las fuerzas y me atrevo con algún vídeo de internet con ejercicios físicos variados para mantenerse en forma durante el confinamiento. Bien es verdad que a duras penas sigo al monitor y acabo extenuado al cabo de 15 minutos. Veo a mis hijas casi a diario por Skype y afortunadamente están bien, así como mi expareja que suele interesarse por mi salud mediante un escueto «¿Cómo estás?». Yo en cambio continúo con la empanada mental agravada en parte por el encierro involuntario, si bien se gestó tiempo atrás con problemas profesionales, personales y demás cuyo relato resultaría ahora y en cualquier momento infumable. Quizá no es oportuna la lectura del libro que ahora tengo entre manos, *Los que sueñan*, de Elio Quiroga. Si hace tiempo que se me han ido diluyendo las fronteras entre la realidad y el universo onírico, este relato está echando leña al fuego. Releo a continuación *Viejo muere el cisne*, de Aldous Huxley. Y los síntomas no remiten. Parece evidente que en la elección de los títulos sigo un instinto masoca.

Décimo día de confinamiento: ocho de la mañana, treinta y seis con cero seis, por fin no necesito paracetamol. La normativa vigente en este momento permite salir a dar un paseo o hacer deporte en el campo hasta las diez. Se puede prescindir de la mascarilla si vas a correr, como es mi intención, y manteniendo siempre la distancia de seguridad, en este caso incrementada por el hecho de ir corriendo. En bici, que sacaré un día de estos, la distancia se incrementa aún más, hasta los diez metros. Tras un ligero desayuno decido salir a una ruta verde que tengo a diez minutos de casa a pie. Me sorprende la cantidad de gente que hay a esta hora en la calle, gran parte incumpliendo el horario específico de salida que se les ha asignado por edades y la mayoría sin mascarilla. Debo ir zigzagueando para evitar colisiones con personas, bicicletas y perros, mantener la distancia y no ser arrollado por algún tractor o furgoneta de agricultores que van a sus tareas en el campo. El ajetreo del centro urbano ahora se ha trasladado al extrarradio, y a pueblos a los que llegan quienes huyen de las grandes ciudades y traen el virus sin saberlo. Desconfiamos de quienes van sin mascarilla o la llevan mal puesta, de los que llevan una mascarilla que puede no ser adecuada o de las que aparentan un uso excesivo y son inoperantes. Parece como si nos hubieran cincelado en la mente la célebre frase *hobbesiana* ahora ligeramente cambiada: *homo homini virus* (*est*), y no cualquier veneno, sino uno letal. Miramos a quienes se cruzan con nosotros como armas cargadas de virus dispuestas a ametrallarnos, nos resistimos a pararnos ante amigos a los que reconocemos pese a la mascarilla, o los abroncamos si no la llevan o la llevan mal puesta. Media hora después de la salida a paso ligero estoy exhausto por el esfuerzo y el calor que empieza ya a ser insoportable. Así es que decido volver a casa para seguir viendo el mundo exterior a través de la ventana con fondo fijo y los figurantes que deambulan de aquí parta allá, así como el escaso tráfico de la ronda.

Y por fin se acabó el confinamiento tras varios meses de zozobra, muertos que se echan a la cara los políticos como si se tratara de trapos sucios, decisiones contradictorias de los gobernantes que crean incertidumbre sobre dónde se puede ir y dónde no, a qué horas, con quién, cómo… Tampoco queda clara la movilidad no solo dentro de la ciudad, sino de la comarca o entre provincias, ni si se puede ir a otras comunidades autónomas. De momento, el salir al extranjero no puedes plantéartelo por la cuarentena a que te obligan en según qué países, y que puede variar en función de la desigual evolución de la pandemia en el mundo. Lo único claro es que ésta avanza y rápido a pesar de que los gobernantes no informan o lo hacen solo a medias. Y en el otro extremo, los negacionistas, que argumentan que todo esto es una conspiración de poderes fácticos para provocar pánico en la población y así manejarla a su antojo. Pero lo único cierto es que crece exponencialmente en todo el mundo la cifra de contagiados y muertos por culpa del maldito coronavirus. Y que los efectos colaterales son enormes, en la economía, en las secuelas de los que salen de los cuidados intensivos en hospitales tras haber vislumbrado la muerte, de los familiares que no pudieron velar a sus difuntos, de quienes acuden a los psicólogos afectados por el confinamiento y la anormalidad actual en la calle y en todos los órdenes y, sobre todo, la certeza de que esto puede ir a peor y durante mucho tiempo.

Por lo que a mí respecta, ahora vivo una especie de semiconfinamiento debido a que mi jefa ha descubierto que el teletrabajo es un chollo, sobre todo para la empresa. La gestoría era mi lugar de trabajo en jornada partida. Es decir, casi todo el día pringado hasta las ocho o nueve de la noche según la faena y la época del año. Durante la pandemia los empleados hacíamos nuestro trabajo desde casa, con nuestro ordenador y nuestra conexión a internet, y con una rebaja obligada del salario para compensar pérdidas, en opinión de la jefa. Ahora la carga de trabajo viene de los despidos de las empresas, temporales algunos y definitivos los más; la solicitud de las ayudas prometidas por el gobierno y que no llegan o lo hacen en distintas condiciones a las anunciadas; las jubilaciones anticipadas asumiendo una pérdida de poder adquisitivo, y un largo etcétera de situaciones de difícil encaje y de la que algunos clientes nos culpan a quienes atendemos sus demandas a pecho descubierto. Como muchos clientes desesperados reclaman un cara a cara, la jefa ha decido abrir la oficina, solo en horario de mañana. Llego a casa hecho polvo por las situaciones dramáticas que te cuentan los que han perdido su trabajo y no perciben ayudas, unido todo esto a la pérdida de algún familiar o al ingreso en la UCI de otro u otros. Por no hablar de quienes nos culpan a los de la oficina de sus desgracias porque creen que no tramitamos bien sus reclamaciones y montan el pollo allí mismo. Y con todo eso a cuestas, más lo que llevo acumulado en mi propia mochila, a teletrabajar por la tarde tras una frugal comida en casa. En fin, calma chicha en el mejor de los casos. Así lo percibo ahora.

Lo único que añoro es el momento Resistiré de las siete de la tarde que nos hacía conectar con los vecinos de enfrente durante el tiempo que duraba la canción, unas caras desdibujadas por la distancia pero con las que te sentías solidario desde la terraza. Y que te hacían especular sobre sus vidas, sus inquietudes, proyectos truncados por la pandemia, perspectivas de futuro a medio o largo plazo… ¿Se sentirán como yo? ¿Podría reconocer a alguno en la calle si se quita la mascarilla en una cafetería? ¿De qué hablaríamos más allá de haber oído juntos la canción tantos días para darnos un pequeño chute de optimismo?

Estamos ya muy cerca de la Navidad y algo que ya iba mal vemos que tenía margen para empeorar. Se ha adelantado lo que los medios de comunicación llaman la segunda ola de la pandemia con efectos aún más devastadores si cabe que la anterior. Se habla de falta de previsión de los políticos, de irresponsabilidad ciudadana por incumplimiento de las medidas propuestas por los sanitarios, de un posible confinamiento más estricto aún que el pasado… En fin, una vuelta atrás. Los mensajes del móvil son tan sombríos que hasta las felicitaciones habituales en estas fechas tienen un tono gris con alguna vislumbre esperanzadora solo a medio o largo plazo. Yo mismo despacho un puñado de *guasaps*, los imprescindibles, y con un escueto «Felices fiestas y que 2021 venga mejor encarado». Y así lo reenvío a familiares y amigos, una docena para ser exactos. Y leo con abulia los que me llegan porque tienen el mismo tinte y vienen a sobrecargar la mochila de aburrimiento, hastío, apatía, saturación, postración… Estoy a punto de borrar un mensaje de un desconocido, de esos que no sabes cómo ni por qué llegan, máxime a alguien tan inactivo en las redes sociales como yo. No es un mensaje de correo electrónico, de esos que aparecen como "no deseados", y que con frecuencia contienen citas de alto voltaje erótico o más bien pornográfico. Es un *guasap* que leo contraviniendo la costumbre: «Perdona mi atrevimiento, si lo lees ya es bastante para mí. No nos conocemos, pero cuanto menos intuíamos nuestra sombra tras las ventanas mientras sonaba *Resistiré*. Al principio salía a las siete para solidarizarme con quienes más se exponían por la pandemia, pero al cabo de unos días lo hice porque me llamaba poderosamente la atención el modo en que bailabas al son de la música, bueno lo de bailar es un decir. Intuyo que eran unos pasos ochenteros de las discotecas que frecuentabais entonces. Yo soy más joven. Por resumir, cometí la osadía de averiguar quién vivía en el 3ºC del bloque de enfrente y más tarde sentí un aldabonazo en el pecho cuando vi tu nombre sobre tu mesa en la gestoría que me gestiona el ERTE. Pero seguro que tú no te acuerdas con tanta gente como pasa por allí. Me sonroja solo el pensar que puedes estar leyendo estas líneas. Feliz Navidad. MAYRA».

Ahora la curiosidad es mía. ¿Quién es esta Mayra? ¿Es ese su nombre real? ¿En cuál de los bloques de enfrente vive? Porque lo que no he perdido es el buen gusto y la capacidad para guardar en mi disco duro la imagen de una mujer que me impacte. Es más, seguro que se me nota, y ella lo debió notar. Tengo que rebobinar, vamos, piensa, piensa, algo así no pasa cualquier día, es una ventana, pero ahora con luz y profundidad. Busco y rebusco en el ordenador como un obseso: esta no, ni esta, ni esta, ni…. ¡Esta es! Sí, seguro, es la única que me produjo el aldabonazo, como diría ella. Vaya, incluye una foto de tamaño carnet en uno de los documentos de la empresa. Pero sé que puedo ponerle cuerpo, y voz, y… Es intensivista y se llama Ana. No entiendo cómo una profesional así ha sido suspendida temporalmente de empleo, el mundo del revés. Luego nos quejamos de que se marchan los mejores. Tengo que llamarla por teléfono. ¿Lo cogerá?

—¿Sí?

—¿Mayra?

—¿Cómo dice?

—Soy Javier, tu gestor. Es una urgencia, necesito un marcapasos.

Sonríe como una diosa. Y me da cita.

—¿Qué tal mañana a nueve en el Irish Pub?

—Allí estaré

Ya era hora. Desde este preciso instante el organismo parece recuperar el tono de los mejores tiempos. Y la imaginación que no para con la ansiedad del esperado encuentro. Me olvido de las vacunas llegadas y por venir. Yo ya tengo mi chute de vida.

Por cierto, ¿tengo en el armario algo apropiado para la ocasión? ¿Y si me doy una vuelta por las tiendas? Quizá debería retomar el pádel, y la bici, y…

EPITAFIO[4]

No hay peregrinación más obstinada que la que te arrastra fatalmente a tu destino. Un impune accidente acabó con el anónimo y maltrecho cuerpo de un desheredado en el depósito de cadáveres primero, y en una huesa de aldea más tarde. No fue posible identificarlo ni aprovechar nada para prácticas forenses. Este desharrapado no mereció un discurso fúnebre a la altura del que Pericles dedicó a los atenienses caídos en la Guerra del Peloponeso. El joven cura lo despachó con un escueto «Descanse en paz. En el nombre del Padre, y del Hijo y del Espíritu Santo»; y con el enterrador como único testigo.

¡Cómo contar las inefables peripecias de su inseparable amiga hasta dar con él! ¡Cómo describir el pasmo del

---

4.- Ignoro si un microrrelato, titulado «Epitafio», es la mejor manera de concluir este surtido de relatos. Por si acaso no lo es, y por su brevedad, voy a reproducir otro que fue premiado en el concurso de microrrelatos organizado por la UCLM en 2017 y que llevaba por título "Relaciones laborales": ¡Quién me iba a decir! Urbanícola hasta los tuétanos, curtida en el asfalto, fiestera y progre hasta dejármelo sobrado; superviviente de la movida madrileña y sus excesos… y aún hoy con pinta de jipi retro que delata una desubicación a prueba de GPS. Un cúmulo inefable de circunstancias junto a una inquebrantable militancia ecologista verde-de-que-te-quiero-verde nos trajo hace un mes a mi chico y a mí a esta aldea perdida en los confines de Extremadura. Una docena de gallinas autóctonas y un huerto libre de pesticidas serán nuestro sustento en este remanso de paz y amor. Nicolás, un viejo hortelano, nos ha dicho que un espantapájaros ahuyentará a las hermanas aves que acuden a devorar las hortalizas. Nos ha quedado niquelado, la verdad, ejemplar, con una bandera arcoiris que habría firmado el finado Gilbert Baker por toda vestimenta. No llevaba ni cuatro días plantado cuando esta mañana nos ha espetado: «¿Cuánto dura mi jornada laboral? ¡Cabrones!».
¡Será capull@!

sepulturero al encontrar los restos exhumados y ahora incubados por el cuerpo de su compañera de tantas y tantas fatigas! Solo el forense puede entenderlo a la luz del manuscrito casi ilegible que encontró en un bolsillo del mendigo y que reza así: «Mi único patrimonio es mi galga».